領民0人スタートの辺境領主様

風楼

Illustration キンタ

IX

春暁の盃事

contents

ハチミツの採取は無事に終わったようで、
セナイとアイハンがハチミツがたっぷりと入ったガラス瓶を両手で持って、
本当に嬉しそうな、
にへらとした笑みをこちらに向けてくる。
領民0人スタートの辺境領主様

酒とはつまり、疲れ乾いた砂粒を潤してくれる
命の水じゃという訳だのう！
砂粒一つ一つの隙間に入り込んで、
浸透して、全てを潤し、癒やしてくれる……
酒こそが人生！
これを忘れちゃぁおしまいじゃのう！

The population of the frontier owner starts with 0

草原開拓記名鑑

ディアス

ネッツロース改め、
メーアバダル領の領主

アルナー

ディアスの妻となった
鬼人族の娘

クラウス

犬人族のカニスを
妻に持つ領兵長

セナイとアイハン

神秘の力を持つ森人族の
双子の少女たち

エルダン

メーアバダル領隣の
領主で亜人とのハーフ

エイマ

大耳跳び鼠人族。
村の教育係兼参謀

エリー

ディアスの下に
訪れた彼の育て子

ゾルグ

鬼人族族長候補の青年。
アルナーの兄

ジュウハ

エルダンに雇われた
ディアスの元戦友

ナルバント

鍛冶を得意とする
洞人族の老人

ヒューバート

元宮仕えで、ディアスに
仕えることになった内政官

サーヒィ

狩りが得意な鷹人族の青年。
双子の狩り鷹となる

ゴルディア

商人ギルドの長であり、
ディアスの孤児時代からの友人

モント

ディアスの元敵将だったが、
イルク村の教官となる

セキ・サク・アオイ

獣人国から移住した
"血無し"の三兄弟

エイマのレポート

領民：158人→196人

【辺境の領主】ディアスは謎の存在から得た素材から作った
新装備【赤金色の全身鎧と兜】を手に入れた。
再び襲来したウィンドドラゴンを
【鷹人族の英雄】サーヒィとともに撃退し、その素材と魔石を入手する。
その素材で新装備【鷹人竜装】が完成し、サーヒィがそれを装備した。
ディアスの孤児時代の旧友である【商人ギルドの長】ゴルディアが領を訪れる。
ゴルディアから迎賓館の必要性を説かれたディアスは、
ユルトを利用した迎賓館を完成させる。迎賓館が完成してまもなく、
エーリングとサーシュスという二人の王国貴族の来訪を受け、無事に交友を交わした。
ジョー、ロルカ、リヤンを始めとするディアスの過去の戦友達が来訪。領民に加わる。
さらにはかつての敵将であり、腐れ縁のような形でディアスと戦線をともにした
【隻脚の鬼教官】モントが領民に加わる。

ディアスさんの戦友と聞いて、どんな人が来るかと思いましたが、
とっても良い人たちでした。みなさんディアスさんをとっても慕っています。
ただ、モントさんはちょっと変わっていてびっくりしましたが……。
悪い人じゃないのは確かですね……。

マーハティ領で反乱が発生したと【亜人の未来を憂う領主】エルダンから
連絡を受けたディアスは、モントや戦友達とともに進軍し、無事反乱を鎮圧した。

旧友達との再会を喜ぶ領主様。
次なる物語は——

メーアバダル領イルク村の施設一覧

【ユルト】【倉庫】【厠】【井戸】【飼育小屋】【集会所】【広場】【厩舎】【畑(野菜・樹木)】
【溜池】【草原東の森】【魔石炉】【岩塩鉱床】【関所】【迎賓館】【水源小屋】【氷の貯蔵庫】

村の広場で朝食をとりながら――――

隣領での戦いが終わり、無事に事態を解決できたことを祝う、二日にも渡る宴が終わって……翌日。

私は広場で朝食をとりながら、不在だった間の出来事の報告を受けていた。

一週間と少しという期間は、私達にとってはあっという間のことだったが、イルク村の皆にとってはとても長いものであったようで……その報告は簡単には終わらず、朝食を食べ終えて食器が片付けられ、私以外の席が片付けられても続くことになった。

まずセキ、サク、アオイの3人とエリーがどうしていたかというと、ナルバント達が行っている氷の貯蔵庫造りを手伝っていたようだ。

貯蔵庫それ自体はほぼ完成していたのだが、肝心要の氷はまだまだ集めきれておらず、夏が来るまでに集める必要があるとなって、北の山に何度も何度も何度も足を運んで、荷車いっぱいに氷と雪を積み込んで、太陽の熱で溶けないようにメーア布で覆って……そうやって出来上がった貯蔵庫全てに氷と雪を詰め込んで回ったらしい。

水源小屋の側《そば》にある貯蔵庫と、イルク村北側にある貯蔵庫、それと迎賓館側の貯蔵庫と、関所の貯蔵庫……それらの貯蔵庫の中を氷と雪でいっぱいにして、一歩立ち入れば震え上がる程に冷やして……既にいくらかの食材の貯蔵も始まっているらしい。

例えば春の薬草、森で採れる野菜、白ギーのチーズにバター、それと生肉。

冬に食べ物が腐りにくいことは理解しているが、それが氷の貯蔵庫でも同じなのかはまだまだ半信半疑の者がいるとかで実際に貯蔵してみせて、その効果というか結果を皆の目で確認して……それで問題無いとなったら本格的な貯蔵庫での貯蔵が始まるそうだ。

氷で冷やすだけでなく、食べ物を長持ちさせる木の実……あの森で採取出来るローワンの実を使えば更に保存性が高まるはずで……追々それに関しても試していくそうだ。

森と言えばセナイとアイハンは、森の中に畑を作っていたらしい。

クラウス達や犬人族達に手伝ってもらって、関所の近くの一帯を伐採し、耕し……そこにセナイ達の畑で育てていた苗木を植え替えたんだそうだ。

セナイ達が苗木畑と呼んでいたそこでは、イルク村のあちこちに植えるつもりで何本もの苗木が育てられていたのだが、森が領地となって……イルク村に植えるよりも良い場所があるとなり、急遽そちらに畑を作ることにしたようだ。

森の土は豊かで、色々な力が埋まっているんだそうで、森の中で育てた方が木は大きく育つし……収穫物である木の実なんかも大きく、美味しく育つんだそうだ。

ただし森の中は森の中で獣が多いとか、虫が多いとか問題もあるんだそうで……そこら辺の対処などをこれからしっかりと行っていく必要があるそうだ。

それに関連して何本かの苗木はあえて森に移さず、これからもイルク村で育てていくらしい。

森で何かがあった時のためとか、イルク村でどんな木が育つのか確かめる目的とか、そういう狙いがあってのことなんだとか。

伯父さんとヒューバートは、イルク村を今後どう大きくしていくか、なんてことを話し合ったり、細かいルールを決めたりしていたようだ。

ジョー達という新しい領民が一気に増えて、そのユルトを建てるとなって、イルク村は今、大きくなっているというか、膨れ上がっているというか……ユルトだらけのユルトで埋め尽くされた村になりつつある。

今はそれで良いかもしれないが、これからもそんな風にただユルトを考えなしに増やしていくのは問題なんだそうで……近い内に区画整理というか、そんな感じのことをして、今後建てていくユルトをどこにどうするとか……ユルト以外の、木造の家なんかも建てていってはどうかと、そんなことを話し合っていたらしい。

実際問題として、ジョー達がやってきたことにより厠《かわや》と井戸の増設が必要になった訳で、それらを考えなしに作るというのは様々な問題に繋がる訳で……皆が快適に、効率的に利用出来るように……無駄に作ったりしないで済むように、事前に計画を立てておくことは重要になってくるだろう。

私はそこら辺の知識が一切無いし、どうしたら良いのか、どういう計画を立てたら良いのかもよく分からないので……うん、２人に任せておきたいと思う。

ナルバント達は貯蔵庫作りの他にも、何故だか中身が冷えてくれる不思議な水瓶《みずがめ》と不思議なツボ作りを頑張ってくれたようだ。

水瓶を全てのユルトに設置し、ツボも設置し……エリー達の馬車用のものまで作ってくれて。

基本的には釉薬《うわぐすり》を塗っていない陶器でしかないので、量産はとても楽なんだそうで……そういう訳であっという間にそれだけの量を作ってくれたらしい。

良い土がなければ良い陶器は作れないそうだが、草原や荒野のあちこちを掘り返しているらしいナルバント達にかかれば良い土を用意するなんてことは造作もないことらしく……使っていくうちに割れることも考慮していくつかの予備まで作ってくれていて……工房にいけばいつでもそれを受け取ることが出来るそうだ。

マヤ婆さん達はいつも通りの日々を過ごしていて……サーヒィの妻であるリーエス達は見張りなどを頑張ってくれていて、メーア達も戦いに出ていた私達のことを心配してか少し食欲が落ちていたようだが、それでもいつも通りに過ごしていて……犬人族達もまた、いつも通りの日々を過ごしていたようだ。

畑で働き、見張りをし、氷を取りに行くセキ達の護衛なんかもしていて……そしてシェップ氏族達は荒野に向かっての岩塩拾いをして……私達が不在の間も、ずっと拾い続けていたそうだ。

拾ってきた岩塩はエリー達に頼んで売ってもらうつもりだったが、エリー達が行商を止《や》めてしまったので売ることができず……だけどもいつかは行商を再開する訳だからと毎日拾い続けて。

そうして岩塩をしまっておく用のユルトを建てなければならない程の量を集めて……当然のように今日も岩塩を拾いにいくつもりらしい。

以前ゴルディアが岩塩は今王都で売れるという話をしていたから……シェップ氏族が集めた岩塩はとりあえず、ゴルディア達に頼んで王都に送ってもらうとしよう。

その稼ぎで木材を買って、家や……伯父さんがずっと建てたがっていた神殿を建てて、ナルバント達の工房も立派なものにしてやって……それと厩舎を広くするのも良いかもしれない。

馬も白ギーもかなりの数となってこれからも仔を産んでくれるだろうし……今のうちから広くしておくのも悪くないだろう。

どんどん数を増やしているガチョウの小屋も広げてやりたいし……他にもやりたいことは山のようにあるし、ジョー達の仕事とかも考える必要があるだろうし、イルク村はまだまだこれから……しばらくの間は忙しくなりそうだ。

そんな感じで皆からの報告を聞き終えた私は、とりあえず今出来る仕事からしていこうと立ち上がって背伸びをし……まずは私の席を片付けるところから始める。

片付けを終えたなら軽い鍛錬をして、イルク村をぐるりと見回り……畑や厩舎などでの力仕事を手伝う。

それが終わったなら広場に戻って……広場で待っていると大体誰かが力を貸してくれと声をかけにくるので、体を休めながらそれを待っていると、エリーとセキ、サク、アオイの３人がやってくる。

エリー達は普段の格好ではなく、外套を羽織り、メーア布の帽子を被り、以前隣領に行った時のような余所《よそ》行きの格好をしていて……私はまさかと驚きながら声をかける。

「どうした？　そんな格好をして……まさかもう行商を再開させる気なのか？」

隣領での反乱騒ぎ……私達が行ける範囲の西部の鎮圧は終わったが、東部では戦いが続いているらしく、まだまだ平穏無事とは言い難い状況となっている。

状況は日々好転しつつあるそうだが、完全な解決には時間が必要で……そんな状況の中に金目の物を持って行商に行くというのは、素直に賛成することが出来ない。

と、そんなことを考えながらの私の言葉にエリーは笑みを浮かべながら言葉を返してくる。

「そのまさかよ。

お父様は今の隣領は危険だからと反対するつもりなんでしょうけど……私達ギルドの商人は、危険だからこそ商機があると考えるの。

危険だから流通が滞っている、流通が滞っているからお客様が飢えている、お客様が飢えているなんてこれ以上の商機は他に無い。

モンスター、盗賊、逃亡兵なんのその、危険地帯にあえて突き進み、そういった連中をなぎ倒しながら商売をしてきたからこそ、ギルドは今の地位を確立出来たのよ」

そう言ってエリーは外套の中から両腕を顕にし、ぐっと拳を構えて私に見せつけてくる。

それに続いてセキ、サク、アオイの３人も拳を……不思議な形をした手甲に覆われた拳を見せつけてきて、なんとも良い笑顔をこちらに向けてくる。

「ゴルディアさんはもちろん、アイサもイーライも、他の皆も拳なり武器なり魔法なりで、障害をなぎ倒して商機を摑んできた訳で……セキ達にもそこら辺のことを教える良い機会になるはずよ、専用の武器をナルバントさん達が仕上げてくれたしね。

それにほら、そろそろ岩塩をギルドに預けておかないとそれこそ商機を逃すことになっちゃうし……そういう訳で笑顔で送り出してくださると嬉しいのだけど」

更にエリーはそう言葉を続けてきて……私は改めてセキ達のことを見やってから、言葉を返す。

「危険だからこそ商機があるか……。

向こうの人達の助けにもなるなら、まぁ……そこまで頑なに反対はしないが……。

……とりあえずその、セキ達の武器とやらについて教えてくれないか？

いつの間にそんなものを作っていたんだ？」

「私も驚いちゃったんだけど、どうやらセキ達が来てからすぐに作り始めていたみたいよ。

セキ達には一応、体格に合った剣を持たせていたんだけど、獣人ならこういう武器の方が良いだろうって、サナトさんが頑張ってくれたみたい。

ぱっと見はただの手甲なんだけど、モンスター素材を使った面白い仕掛けがあって……３人とも、見せてあげてちょうだいな」

エリーがそう言うと、セキ達はにかっと笑い、見せつけてきていた手甲に力を込めるというか、拳をぐっと握り込むというか、そんな動作を見せる。

すると手甲の手の甲部分でガシャリと何かが動く音がし……三本の長い鉄爪がスッと生えて、その先端をキラリと輝かせる。

「魔力を込めるとそんな風に爪が飛び出る仕掛けになっていて、また魔力を込めると引っ込むそうよ。

３人には剣術、格闘術、その他もろもろ教え込んでいたのだけど、私の戦い方って所詮は人間族の戦い方でしかなくて、３人には合わなかったみたいなのよねぇ。

でもこの爪を軸として３人の好きなように戦わせると、動きも判断も抜群で……３人がかりなら私が負けちゃうこともあるくらいで、その方が良いみたいなの。

これからも一応人間族の戦い方を教えるし、剣の方も持たせておくつもりだけど、この手甲の方も使わせることにしたの」

「えっへっへ、これがあればどんなモンスターだって倒せちゃいますよ」

「オレは自前の爪でもいけるんですけど、これなら割れたり折れたりを気にしなくて良いんで、百人力ですよ！」

「まー、セキもサクも体術じゃぁオレに劣るんですけどね!!」

エリーの言葉にセキ、サク、アオイの順でそう続いて、アオイの言葉が気に入らなかったのかセキとサクが手甲での突きを放つ……が、アオイはセキとサクの攻撃を手甲で上手く防ぎ、受け流す。するとセキとサクはムキになって何度も何度も突きを放ち……そうして3人は駆け回って飛び回ってのじゃれ合いをし始める。

「まー……子供っぽさが抜けきってないとこに不安はあるけども、それでもまぁ、あんな風に軽快に、元気に動き回れる訳だし？　そこらの盗賊に遅れを取ったりはしないでしょう。

それでもお父様が不安だって言うなら、ジョーさん達の何人かを護衛に付けてくれたら良いんじゃないかしら？」

軽快過ぎる程に軽快に……普通の人には真似出来ないじゃれ合い方を見せてくるセキ達のことを半目で見やりながらエリーがそう言ってきて……その言葉に頷いた私は、エリー達に少し待っていてくれと声をかけてから、村の南部……モントの指導の下、体力作りの一環ということで畑作りをさせられているジョー達の畑へと向かう。

そうして事情を話して、流石に全員は必要ないだろうと、ジョーの部隊に護衛を頼み……それから広場に戻ると、エリー達が早速とばかりに行商の準備に取り掛かっている光景が視界に入り込む。

馬車を用意し、メーア布や岩塩を積み込み……特に岩塩に関しては一生懸命に拾い集めたシェップ氏族が、嬉しそうに積み込み作業をしていて……それに続いてジョー達が旅装や旅具、食料なんかを自分達の鞄に詰め込んで準備をし始める。

「……今までは馬なんて数頭もいればそれで良いと思っていたのに、こうして人が増えると皆の分まで用意してやりたいなんてことを、思ってしまうんだなぁ」

その光景を見やり……遠方まで歩かせることになることを申し訳なく思いながらそんなことを言うと、ジョー達は何故だか満面の笑みとなり、エリー達もまた同じような表情になり……そうして力いっぱいの声を上げてくる。

「人数分どころか有り余るほどの馬が買えるように、これから稼いで見せるから……期待していてちょうだいな！」

「馬も白ギーもガチョウも、山盛り買えるようにがんばります！」

「出来るだけ早く買い集めて、どんどん仔を産ませて、イルク村を家畜まみれにしてみせますよ！」

「そしたらオレ達が余った分を売りに行って、それでまた一儲けって訳ですね！」

エリーと、セキとサクとアオイのそんな声を受けて頷き、頭を一掻きした私は……せめて準備くらいは手伝うかと、倉庫に向かい必要なものを両手いっぱいに抱え込み、皆が待つ広場へと運んでいくのだった。

エリー達の荷造りを手伝い、村の端まで見送り……そうしてエリー達は隣領へと向かっていった。

メンバーは、エリー、セキ、サク、アオイ、ジョー隊に、武装したマスティ氏族が３人。

これだけいれば何があっても対応出来るだろうし……対応出来ないような大事に遭遇したとしても、マスティ氏族の鼻とジョーの判断力があればこちらまで逃げ帰ってくることが出来る……はずだ。


エリー達も武装をしていて腕には自信があるようだし……出来る限りのことはしたのだからと、この件に関してはこれ以上考えないようにして……イルク村の中に戻ろうかと振り返っていると、道から外れた奥の方からメーア達の声が聞こえてくる。


今日はここらで食事をしているのかな？　と、そんなことを考えながらそちらへと足を向けると……何人かのシェップ氏族の見張りが立つ草原の中に散らばる白い毛玉達の姿が視界に入り込む。

フランシス一家とエゼルバルド一家、それと新参の18人のメーア達はそこら辺に適当に散らばって、草の上に座り込んでの日光浴をしていたり、草を食んでいたり……それと少しずつ成長をして、足腰がしっかりしてきた六つ子達への指導をしていたりする。

そんな中でフランシスはガシガシとその蹄《ひづめ》でもって穴を掘って見せて、

「メァーンメァメァ、メァー」

と、そんな声で、深く入り口の狭い穴を縄張りのあちこちにいくつか作っておいて、いざというときのための逃げ場にすると良い、というようなことを六つ子のフランクとフランツに教えているようだ。

「メァーン！　メァ!!」

更にフランシスはそんな声を上げて、穴に尻側から入って、穴の入り口に角を向ける形で隠れ潜んで……もしそれでも狼などが襲ってくるなら穴を飛び出しての頭突きを決めてやれば良い！　と、そんなことを言っているようだ。

メーア達の角はとても固く、鉄剣で斬りつけた程度ではあっさりと弾かれてしまう……そんな角で頭突きをされたなら、狼なんかはひとたまりも無いことだろう。

頭突きそれ自体の威力も、何度か遊び半分訓練半分で食らったことがあるが、助走をつけた上での全力のものなら、しっかりと構えて受けた私でも思わずよろけてしまう程のもので……上手い具合に当たればたとえ相手がモンスターであっても倒せてしまうかもしれないなぁ。

「メァーメァメァ～」

別の一角ではフランソワがそんな声を上げて、六つ子のフラメアとフラニアにいざという時のための、毛の使い方を教えているようだ。

メーアの毛は草を食べれば食べる程伸びるもので……やろうと思えばその全身を覆い隠す程に伸ばすことも出来る。

そうなるとしっかりと噛み付いたとしても、狼程度の牙ではその分厚い毛を貫くことが出来ず、下手な鉄鎧よりも頑丈な防具になり得る……らしい。

「メァーメァメァ〜、メァ〜」

更にフランソワは、以前に毛に草や枯れ草などを絡ませて、草原に擬態する方法を教えたが……他にも泥や土を絡ませたり、地面の中に潜ったり丸まったりしての地面や岩への擬態も可能だと語り、

「メァーンメァンメァ〜ン」

そういった賢い毛の使い方も覚えておきなさいと、そんなことをこんこんと語り聞かせているようだ。

そしてエゼルバルドは……フランとフランカを引き連れてそこら中を駆け回っている。

逃げるにせよ頭突きをするにせよ、その基本となる足腰は大事で……そうやって2人を鍛えてあげているようだ。

「メァ！　メァメァ！　メァー！」

駆け回りながら勇ましく声を上げ……フランとフランカは「ミァ！」「ミァァ！」と続く。

エゼルバルド曰く、駆けるにしても頭突きをするにしてもコツ、のようなものがあるらしい。

足の動かし方や駆けやすい地面の見分け方、それと耳を上手く使っての追いかけてきている敵の位置や様子の確認の仕方など色々あるようで……駆け回りながらそれらについて教えたエゼルバルドは、更に、

「メァー!!　メァン、メァー！　メァメァーン、メァ！

「メーア、メァーメァメァー！　メァ！」

と、力強い声を上げる。

それは……恐らくだが戦略、のようなものを語っていた……のだと思う。

私ではその全てを理解することは出来なかったが、頭突きをするなら1人だけでやるのではなく複数で続けてやるのが良いとか……群れ全体でやるのが良いとか、人間族や獣人族のように二足で歩く敵が相手なら、とにかく連続で頭突きをして、一度でも転ばせてしまえば後はこっちのものだ……と、そんなことを言っていたようだ。

……臆病なメーア達が野生でどう生きているのかと不思議に思ったこともあったのだが、なるほど……その角と足と賢さがあれば、それなりに戦えてしまうものなんだなぁ。

そんな大人達の教えを六つ子達は、素直に受け取り吸収し、懸命に学ぶか駆け回るかしていて……そんな光景を私は、少しの間、何も言わずに見続けてしまう。

以前から六つ子達はそうやって、大人達から習う形で様々な勉強というか研鑽《けんさん》を続けていた訳だが、最近はその体が大きくなってきたこともあってか、一段と熱心というか、真面目に学ぶようになっていて……六つ子達もいつまでも子供では無いのだなぁと、そんなことを思ってしまう。

メーアの子供は成長が早く、もう少しで大人とそう変わらない体格になるそうで……長男のフランの頭にはぷっくりと小さな角が生え始めてもいる。

いつまでも可愛い子供のままでいて欲しいという気持ちもあり、立派な大人となって元気に楽しく日々を生きて、いつか良い相手と結婚して欲しいという気持ちもあり……なんとも複雑な気分でそんな光景を眺めていると、エゼルバルドと一緒に周囲を駆け回っていたフランが、大きな声を張り上げる。

「ミ……メァー!!」

それは大人のメーアと変わらない、立派な声だった。

フランシスによく似ていて、いっぱいに想いが込められていて……ああ、もうすっかり大人なんだなぁと私と周囲のメーア達が、なんとも言えない気分で温かい視線を送っていると……どこかからセナイとアイハンの声が響いてくる。

「今のフランの声!?」

「りっぱなおとなのこえ!!」

その声はすぐ側と言って良いくらいに近場から響いてきていて、いや、近くにセナイ達の姿は無かったはずだぞと、私が視線を巡らせていると、座り込んで身を寄せ合って日光浴をしていたメーアの一団の……隙間というか、間から2人の顔がひょこんと姿を見せる。

どうやら2人はそこに入り込むことで日光浴をしているメーアの毛の温かさと柔らかさを堪能していたようで……もうほとんど昼寝気分だったのだろう、眠そうな目を擦り寝癖で乱れた髪を揺らしながら立ち上がり、駆け回るフランの方へと駆けていく。

するとフランはセナイ達のためなのだろう、その場で立ち止まり、

「メァー！　メァー！」

と、力強く声を上げて……そこにセナイ達が突っ込んで、両腕でがっしりとフランのことを抱きしめる。

そんなセナイ達に続く形でフランシスにフランソワ……フラン以外の六つ子達もやってきて……

そうしてフランシス一家による、喜び……というか祝福の鳴き声を、

「メァー！」

「メア～！」

「ミァー！」

「ミァ！」

「ミーァー」

「ミァ～」

「ミァー……」

と、一斉に張り上げるのだった。


フランがメーアらしい声で鳴いたという、内容だけを聞くとただただ当たり前に思えてしまう報告をセナイとアイハンがイルク村を駆け回りながらしていって……村の皆がその様子を微笑ましげ

に眺める中、子供と言えば……と、思い出したことがあって私は、村から離れて今日の白ギー達の放牧地へと向かっていた。

イルク村がギリギリ見えるか見えないかくらいの距離にあるそこには、メーア達の時と同様に見張りのシェップ氏族の若者が何人か居て……そんな見張りに囲われる形で六頭の白ギー達は草を食んでいたり、寝転んでの反芻をしていたりして……そしてその中心に、頭は大きく足は短く、それでもその全身は白ギーらしいふかふかの毛で覆われた、生まれたばかりの仔白ギーの姿がある。

白ギーは基本的にのんびりしているというか、ぼーっとしていることが多く、とても大人しい生き物なのだが、子供となると活発かつ好奇心旺盛で……大人の白ギー達の側を存分に駆け回り、鼻を押し付けて匂いを嗅いだり、その尻尾なんかを軽く食んだりし……そうしたイタズラをしては見張りをしているシェップ氏族の下へと駆けていって、よしよしとその鼻筋を撫でてもらったりしている。

そんな仔白ギーを産んだ母白ギーのおかげで最近のイルク村の食卓には、バターやチーズが多く登場するようになっていて……シチューなんかもちょくちょく食べられるようにもなっていて、いやはや全く、ありがたい限りだ。

白ギーの子供は大体二ヶ月もすると離乳し、草を食むようになるそうなのだが、母白ギーは十ヶ月くらいの間、ミルクを出し続けるんだそうで……そうなると次の冬の、真ん中辺りまでは結構な量のミルクをもらえるということになるだろう。

来年にはまた別の白ギーが子供を産んでくれるかもしれないし、この母白ギーが二頭目の子供を産んでくれるかもしれないし……これからのイルク村の食卓にはミルクが当たり前にあり続けるのかもしれないいな。

白ギーが増えてきたら食肉にする、なんて話もあったが……しばらくの間はミルクを優先するということで、食肉にはせずにどんどん子供を産んでもらった方が良いのかもしれないな。

まだまだ私達の領地には放牧地に出来る土地が余っていて……その余裕が無くなった時に改めて考えてみるほうが良いのだろう。

……仮にそうなったとしても鬼人族の村に譲るという選択肢もあることを考えると……食肉にする日は相当先になるのかもしれない。

いざ肉が欲しいとなったら狩りをするか、順調に数を増やし……そろそろ三十羽を突破しそうなガチョウに頼る手もあるからなぁ。

と、そんなことを考えながら放牧地の辺りをウロウロとしていると……南西、この時期に鬼人族の村がある方向から1人の鬼人族がやってくる。

「おう、少し話せるか?」

やってくるなりそう声をかけてきたのはアルナーの兄、ゾルグで……私は「ああ、構わない」と頷きながら返す。

するとゾルグは何故だか私から視線を逸らして山の方を見やり、どこか申し訳なさそうに話をし始める。

「まずは……あれだ、東の森の警備についてだ。

以前ちょっとした用事があって森の方へと足を運んだんだが……あれだな、関所とかは悪くねぇと思うんだが、南の方に森の木々が少し薄くなってるとこがあってだな……あそこらなんかはこっそり通ろうと思えば通れちまうだろうから、警備をもう少し増やしても良いかもしれねぇな」

「へぇ……そんな所があったのか。

分かった、クラウスに言って気をつけてもらうことにするよ」

私がそう返すとゾルグは、頭をガシガシと掻いて……そうしてからようやく私の方へと視線を戻し、言葉を続けてくる。

「それと、ペイジンの使いとかいうのが、何を勘違いしたのかこっちに来ちまってな、うちはイルク村じゃねぇってのにイルク村宛の伝言を残していきやがったんだよ。

なんでも数日以内にペイジン達がこっちに来るとかで……そのついでに獣人国のお偉いさんもやってくるんだそうだ。

なんだか知らねぇがお前らは、西の方に関所を造るとか国境をどうするとかで、話が出来るやつが来てくれるのを待ってたんだろ……？

そういう訳だから数日以内に歓迎の準備をしておいてくれだとさ。

具体的にいつ来られるかは天候次第、お偉いさんの気分次第だからなんとも言えねぇってことらしい」

「ああ、その話か……了解した。エリーが居ない時に来るのは少しアレだが……まぁ、ヒューバートとエイマと伯父さんが居れば問題は無いだろう。

問題があるとすれば……迎賓館の位置か。東から来る客のことばかり考えて西から来る客のことは考えてなかったからなぁ……しょうがない、西にも大きなユルトを建てて、家具だけをそちらに移しておくかぁ」

「お前ら最近ばかすかユルトを建てまくってるが、メーア布やら建材やら足りてるのか……？　いや、絶対足りてねぇだろ……。

……しょうがねぇな、その西側の迎賓館とやらのユルトは俺達の方で用意してやるよ。

最近ちょっとした稼ぎが入って余裕があるんでな……お前たちにも少しだけ分けてやる。

それとうちで持て余してた品もいくらかそのユルトの中に置いておくから、好きに使ってくれ。

場所は……あー、どの辺に建てたら良いんだ？」

「んんん？　良いのか？　大きなユルトとなると安い品でもないだろうに……。

その持て余している品とやらも含めて、買い取るという形でも構わないが……？」

ゾルグの突然の提案に驚きながらも私がそう言うと、ゾルグは何故だかまた視線を逸らし、頭をガシガシと掻きながら「タダで良い、タダで」と少しだけ動揺したような様子で言葉を吐き出してくる。

　そんなゾルグを見て私は……少しだけその様子が気になったものの、善意でそう言ってくれているのだから、受け入れるべきかと納得し、

「分かったよ、ありがとう」

　と、笑顔で礼を言う。

「ああもう、そんなことより場所だ、場所。

　ユルトだからある程度の移動は出来るっつっても、大きなもんとなると手間と時間がかかっちまうだろうが、しっかりと話し合って場所を決めておくぞ。

　西から来る客を迎えるとして西側の……お前らの土地の、どこら辺が良いんだ？　イルク村の近くか？」

　するとゾルグは何故だか苛立った様子を見せながらそんなことを言ってきて……私は少し考え込んでから言葉を返す。

「そうだな……東の方からイルク村に延びてきている道があるだろう？

　あの道をそのまま延長した感じの位置で……イルク村が見えない程度に離れている場所が良いな。

　将来的には西側にも道を通すことになるだろうから、迎賓館もその道沿いにあった方が良いはずだ。

　……大体その辺りに建ててくれたら、あとのことは私達の方でやっておくよ」

「……まぁ、大体の位置は分かった。

出来るだけ大きな、客を迎えるのに相応しいユルトをそこに建てておいてやるよ。

……井戸を用意するのは流石に間に合わねぇだろうから、水瓶やらも持ってきておけよ。

食事も持ち運びが楽なもんを用意すると良いだろうな」

「分かったよ、そうしておく。

……改めてになるが、本当にありがとう、助かったよ」

と、私が二度目の礼を言うとゾルグはなんとも言えない顔をし……首から下げている風変わりな装飾品を一撫でしてから、手をひらひらと振り……そのまま鬼人族の村の方へと踵を返し、歩き去っていくのだった。


イルク村西側の、第二の迎賓館となるユルトはゾルグ達が手早く建ててくれて……馬車を使って東にある迎賓館から家具などをそちらに移して、見栄えが良いように配置していって。

と、そんな風にロルカ隊と何人かのシェップ氏族の若者に手伝ってもらいながら、獣人国からやってくるというお偉いさんを歓迎する準備をしていると、ガタゴトと騒がしい音がユルトの外から響いてくる。

それを受けて、もうやってきたのか!?　と、驚きながらユルトの外へと顔を出すと、獣人国のお偉いさんではなくゴルディアとアイサとイーライの姿があり……今の音はどうやら三人が乗っていた馬車の音だったようだ。

「向こうでの用事はもう済んだのか？」

反乱鎮圧のために私達と一緒に隣領に向かったゴルディアとアイサ達は鎮圧後も、ギルドの仕事をするからと隣領に残っていて……当分は帰ってこないものと思っていたのだが、なんとも予想以上に早い帰還となり、馬車に駆け寄りながら私がそう声をかけるとゴルディアは馬の世話をしながら言葉を返してくる。

「とりあえず俺に出来ることは済んだ感じだな、後はギルドの職員達がなんとかしてくれるだろうよ。

俺もいい年で若い連中を後継として育てる必要があるからな、必要最低限の仕事以外は若いのに任せることにしてるんだ」

「はぁー……なるほどな。

しかしそれならイルク村で待っていてくれたら良かったのに、何だってこんなとこまでやってきたんだ？」

「そりゃぁお前、途中ですれ違ったエリーからお前のことを頼むなんてことを言われたからだよ。

その上、村ではお偉いさんが来るとか騒ぎになってやがるし……そういう訳で慌ててこっちに来てやったんだぞ？

……隣国のお偉いさんってのはあれだろ？　エリーが商談を持ちかけた投資のお相手なんだろ？　なら俺やアイサやイーライのような生粋の商人がいても邪魔にはならねぇはずさ」

「……ゴルディアが生粋の商人というのは、なんだか凄く違和感があるなぁ」

「なんだとこの野郎!?」

なんて会話をしたならアイサとイーライにも礼を言い、そうしてから作業を再開させる。

棚を倉庫にしまっておいたラデンの器などの調度品で飾り、ユルトの最奥にメーアの横顔旗を飾り、中央にはテーブルを置いて椅子を並べて……隣にもう一つユルトを建てて、そちらに簡単な竈なども作り……そうこうしているうちに日が沈んで夕方となって、私達はそこで作業を止めにしてイルク村に戻ることにした。

「……んで、このユルトはどうするんだ？　このままにしておくのか？

色々と高価な品も置いちまったし、流石に見張りを立てた方が良いと思うが……」

帰ると決めてユルトから出て戸を閉めて……そうしていざイルク村へと向かって歩き出そうとしていると、またもゴルディアがそう声をかけてくる。

「あー……家具だけならまだしも、調度品まで飾ったからな……夜警担当の犬人族の誰かに、ここに泊まってもらうとするかな。

こんな所で盗賊も何も無いだろうが……万が一野生の獣に壊されでもしたら事だからなぁ」

野生の獣がユルトを襲うなんてのは聞いたこともないし、今までに起きたこともないが……それでもまぁ、気をつけておくに越したことはないだろう。

万が一でもそんなことになったら、お偉いさんを歓迎するどころでは無くなってしまうしなぁ。

「そういうことならこちらで何人か見張りを出しましょうか？　一晩程度なら徹夜だとしても問題なくこなしますよ」

なんてことを考えているとロルカがそう言ってくれて、私がそれに返事をしようとするよりも早くゴルディアが声を上げる。

「それじゃぁ見張りには俺が隣領で仕入れた特別な品を譲ってやるよ。

いくら訓練しているからっていきなり徹夜しろじゃぁ可哀想だからなぁ……上等なチーズと塩漬け肉と、これまた上等なワインを数本。

それらがありゃぁ一晩どころか二晩だってご機嫌で過ごせるだろうさ」

するとロルカ隊の面々が色めきたって、誰が見張りに立つかと半ば取り合いのような話し合いを始めて……上等なチーズという部分に惹かれたのだろう、手伝ってくれていたシェップ氏族達は話し合うこともなく頷き合って、全員が一斉に駆け足で迎賓館の中へと戻っていく。

「……ゴルディア、お前なぁ……」

そんな様子を見やりながらゴルディアに対しそんな声を上げると、ゴルディアは「ふふん」と鼻を鳴らしてから胸を張り、にやつきながら言葉を返してくる。

「これはこれで商人のやり方なんでな……魅力的な商品で相手を動かし、夢中にさせ、常連になってもらって、何度も何度もその商品を買ってもらう。

そうやって何度も何度も買ってもらえれば生産者も安定して儲かるようになって、値下げ交渉にも応じてくれるようになって……誰もが幸せになれるって訳だな。

俺ぁ、ギルドの運営ついでに酒場の経営もやってたからなぁ……ここら辺に関しちゃぁお手の物よ。

品を見る目も当然優れていて、良いチーズと良い肉と良いワインだけを買ってきたからなぁ……これから来るお偉いさんだって満足させて見せらぁ」

そんなゴルディアに私は色々と言いたくなるが……ロルカ隊の面々とシェップ氏族達が喜んでいるのは確かなので、何も言わずに言葉を飲み込む。

するとゴルディアは一段と得意げな顔をしてきて、張った胸を更に張ってきて……そんな様子を見てか、ロルカが笑いながら口を開く。

「ディアス様の孤児仲間と聞いてどんな方なのかと思っていましたが、いやはや立派な方じゃぁないですか。

エリーさんもそうでしたが、商売に対し真摯で真面目で、それでいて頼りになる商人というのは稀有ですからね……そういう商人相手なら財布の紐も緩みますし、気分よく金を使うことが出来ますよ。

……俺はこれでも酒は好きなほうなんで、今後の仕入れには期待させてもらいますよ」

「こちらとしても羽振りと人柄の良いお客様は大歓迎ですよ。良いワインと良いチーズならまだまだ馬車に積んであるので、村に戻ったらぜひぜひ、金貨を握りしめて足を運んでくださいな」

するとゴルディアがそんな風に……私と話す時とは全く違う、別人かと思うような調子で言葉を返して、そうしてロルカとゴルディアは二人で笑い合う。

笑い合ってそのまま商談を始めて、商談をしながらイルク村へと向かっていって……私とアイサ達は、そんな二人の様子を苦笑しながら見やり……追いかける形で歩を進めていく。

……ゴルディアと出会ったのは私が孤児になったばかりの頃だった。

まだ仲間も少なく、仕事も少なく、何もかもを持っていない……一番辛い思いをした時期だった。

その頃のゴルディアは暇さえあれば物陰に隠れながらこっそりと道行く人々を眺めていて……普通に食事をし、当たり前のように湯を浴び、我が家へと帰り、ぐっすりと眠りにつくであろう人々を羨み、妬み続けていた。

どうして自分はこんな目に遭うのか、あそこにいる人達と何が違うのかと、そんなことを口にしながら……。

そしてそうした想いがあったからこそゴルディアは、仕事をしたなら一番真面目に働いたし、金が手に入ったなら誰よりも喜んだし、仲間達……年下の子供達をそんな目には遭わせまいと誰よりも本気で日々を生きていた。

その結果がギルドの長という立場で、今のゴルディアを作り出している訳で……今もきっと同じような想いが心のどこかにあるのだろう。

そう思えばまぁ、ゴルディアの好きにさせてやるかという気持ちも湧いてくるもので……私はそのままイルク村まで、何も言わずにゴルディアの背中を追いかけ続ける。

するとゴルディアはイルク村につくなり、

「しばらくはまぁ、この村と隣領を行き来することになるんだし、ここに立派な酒場を建てるのも悪くねぇかもなぁ。

客は十分にいるし……質の良いものをそろえたら相当な稼ぎになってくれそうだしなぁ」

なんてことまで言い始めてしまう。

それを受けて私は、流石にそれには言いたいことがあるぞと腕を捲くり……ゴルディアとの、何度やったかも分からない『話し合い』をすべく、大股でのっしのっしと距離を詰めていくのだった。

村の西側、第二迎賓館の中で――

「今ド兄さんとレ兄さんは獣王陛下直属の臣下の方に同行していまして、その方に気遣ってゆっくりとした進行となっているため到着はもう少し後……明日か明後日くらいになるのではないかなぁという感じです、はい。

　そしてミ兄さんにはイルク村の方々に向けての商売の方をしてもらおうかと思いまして、はい……折角だからといくらかの商品を持ってきましたので……メーアバダル公も後で覗いてやってくださいな。

　……え？　あぁ、はい、拙者はペイジン・ファと申しまして……はいはい、事前にこちらにお邪魔して、あの方好みの場を整えておこうと思ってお邪魔したのですが、こんなにも立派な迎賓館があるなら、その必要も無かったかもしれませんな。

　……あ、言葉ですか？　はいはい、こちらとの商売は今後重要になってくるのではないかと考えまして、キコ様にお願いして習ったのですよ。

　兄弟達の中でも一番流暢《りゅうちょう》なんじゃないかと自負しております」

迎賓館の中に入り、あちらこちらを細めた目で見やり……やんわりとした声でそんなことを言ってきたのは、つい先程……ゴルディアとの話し合いが終わった直後にやってきたばかりのペイジン・ファと名乗った商人だ。

相変わらず服装と帽子以外で見分けることの難しいカエルそっくりの容姿をしていて……他のペイジン達よりも少しふっくらしている印象があるかもしれない。

そんなファと一緒にやってきたペイジン・ミの方は、イルク村での商売がしたいからと馬車と一緒に迎賓館を通り過ぎてイルク村へと向かっていったのだが、ファはこうして迎賓館に残っていて……棚に納められたゾウガンの箱と、ラデンの器を見て頬を緩めたりしている。

ペイジンの一族は何というか、とても商人らしい油断ならない気配をまとった人物ばかりなのだが、このファにはそういった気配はなく、表情も仕草もとても柔らかく穏やかで……性格もまた、それらに相応しいものとなっているようだ。

「そう言えばですね、キコ様からお手紙を預かっているのですよ、はい、キコ様のお子様方に宛てたものです。

しっかりと準備をした上で送り出したとはいえ、母親としてはどうしても心配してしまうもののようでして……手紙を渡すついでに、３人の様子も確かめて欲しいと……。

いえ、直接そう言われた訳ではないのですが、こう、目線とか表情とかでそれとなく……そんな想いを手紙と一緒に預かったという感じでして」

「あー……セキ、サク、アオイの３人は今隣領に行商に行っていてなぁ……いつ帰ってくるのか具体的なことも分からなくてなぁ……」

そんなファに私が頭を掻きながら言葉を返すと、ファはうんうんと何度も頷き、そうしてから言葉を返してくる。

「そういうことでしたら拙者、３人が帰ってくるまでこちらに滞在させていただければと思います。キコ様は私にとって言葉の師匠……師匠の心を安らがせてあげるのも弟子の仕事だと思う次第でして……はい。

滞在費の方はちゃんとお支払いいたしますので、村の端っこの方にでも寝床を置かせていただければと……ご迷惑かもしれませんがよろしくお願いいたします」

「滞在するくらいは問題ないし、費用についても気にする必要は無いぞ、セキにもサクにもアオイにも……キコにも世話になっているからな。

子供の様子が気になるというのは親として当然のことだと思うから、いくらでも居てくれて構わない。

……それよりもだ、わざわざファが確認をしに来なければならない程、そのお偉いさんというのは気難しい人物なのか？」

「え？　いえいえいえ、まさかまさかそんな。

獣王陛下から外交を任される程のお方ですから、その人品はとても優れたお方ですとも。

ただ……こう、とてもお偉い立場の方でして、獣人国はこう……西に進めば進む程、国の奥の方に行けば行く程、お偉い方が住まう土地となっているのですが、そのお方は最奥の最奥……果ての果てに住まう方でして、良くも悪くも獣人国だけが世界だと思っている方なのです。

そういった方なものですから、あまり見慣れていないだろう光景をお目に入れてしまうと、ひどく動揺してしまう可能性がありまして……そういった万が一の可能性を考慮してのことだとお考えください。

拙者達のように獣人国の東側……王国などの文化が入り混じる地域の者にとって何でもないような光景も、西の最奥のお方にはとても衝撃的……なんてことがあったりするのですよ」

「へぇ……西の果ての果て、か。

おとぎ話とかでも聞いたことのない地域だからなぁ……私なんかでは想像も出来ないような光景が広がっているのだろうなぁ。

……ちなみにそのお偉いさんは、どんな獣人なんだ？　西の果てに住んでいるとなると、やはり私が知らない、想像もつかない姿をしているのか？」

ファの言葉を受けて私が想像を巡らせながらそんなことを言うと、ファは顎に手を当て、少し考えるような素振りをしてから言葉を返してくる。

「メーアバダル公がご存じかは分かりませんが、そのお方はテン人族と呼ばれる種族の方ですね。

とても美しい黄色の毛皮に身を包んでいるのが特徴で、その毛皮の美しさと手触りは、拙者のような毛無しの一族としては羨ましいばかりなのですが、天下一と言われておりますな。

それでいて顔の周囲の毛は透き通るような白で、そうかと思えば目の周囲は黒く縁取りしたような色になっていまして……俊敏かつしなやかな身のこなしで、狭い所にも入り込めるためにその昔は諜報活動などでも活躍されたと聞き及んでおります」

「へぇ……黄色の毛皮ということはキコに似た種族、なのかな？」

「いえいえ、キコ様とは全く違ってもう少しこう……細長い感じになっていると言いますか、首が長い感じになっていると言いますか……うぅん、知らない人に上手く説明するのが難しい種族なのですよねぇ」

そんなファの説明を受けて私は懸命に姿を思い浮かべようとするが……全く思い浮かばず、まぁ来てくれたらそれで分かることかと想像することを諦めて、ひとまず迎賓館の準備は問題無いようなので、ファをイルク村に案内するために迎賓館の外に出る。

すると体を休めていたゴルディアとアイサ達が私を待っていたのか、迎賓館の前で待機してくれていて……ついでにロルカ隊とチーズに釣られたシェップ氏族達も待機してくれていたので、ロルカ隊とシェップ氏族に警備のことを頼んでからイルク村へと移動する。

そうしてファのためのユルトを建ててやって、ペイジン・ミが開いていた市場に顔を出して、明日か明後日にはお偉いさんが来るようだからと、準備する料理の打ち合わせなどをして……翌日。

身支度や日課などを終えてファと共に迎賓館に向かうと、ロルカ隊の面々とシェップ氏族達が迎賓館の側で西の方をじっと見ていて……そちらの方からまず車輪の音が聞こえてきて、それから蹄の音が聞こえてきて、誰かの会話が聞こえてくる。

そんな賑やかな音の後に、あれこれとたくさんの飾りのついた赤色の塗料を塗った馬車というか、それ自体が建物のような何かがやってきて……その横脇からすすっと、想像していた以上にすらっと細長く、太陽の光を吸い込んだかのような色の毛皮をまとった首が姿を見せる。

「な、なるほど、テン人族とはああいった感じの種族のことを言うのか」

それを見て私がそんな感想を口にすると……ファはこくりと大きく力強く、頷いてみせるのだった。

狐人族のキコが着ていた服によく似ているが、男用だからなのかデザインが少し違う、少し角張った感じの白と紺色の服を身に纏っていて……その服の首元からにゅっと長い首が伸びていて、喉のあたりは黄色、顔は白色の毛に覆われた……イタチなどによく似た姿をしていて。

頭には不思議な形の帽子を乗せ、両足を大きく開いた堂々とした態度で椅子に座り……そんな獣人国のお偉いさんを前に、迎賓館に集合した私達は、緊張しながら相手の言葉を待っていた。

他国のお偉いさんと会うとなって迎賓館に集まったのは、私、アルナー、エイマ、ヒューバート、それとゴルディアとなっていて、私がお偉いさんと向かい合うように座り、エイマは机の上で書記を務め……アルナー、ヒューバート、ゴルディアは私の後ろに控えている。

迎賓館の周囲にはアイサとイーライと犬人族達が警備ということで待機していて……ペイジン・ファとペイジン達が連れてきた護衛も、外で待機しているようだ。

そしてお偉いさんの左右にはガチガチに緊張しながらピシリと直立するペイジン・ドとペイジン・レの姿があり……そんな2人の態度からも、相手が尋常ではない立場の人物なんだということが伝わってくる。

「獣王様に仕える参議、ヤテン・ライセイと申します」

「……メーアバダル公爵のディアスだ、よろしく頼む」

突然お偉いさんがそう声を掛けてきて……私は少しの間があってから、そう返す。

確かペイジン達の国は家名を先に名乗るはずだったから……この人はヤテン家のライセイさん、ということになる訳か。

「サンセリフェ王国から友好を望む手紙が届いたと聞いた時は驚きましたが、こちらのペイジン家の者達に詳しい事情を聞き……こうして直接お会いしたことで大いに納得がいきました。

獣人と共に、手を取り合って暮らすだけでなく、我が国の美術品を迎賓館という玄関口に飾り……その上、側役に獣人を置くとは……ここまでされては身共も胸襟を開かざるをえないですな」

男性……にしては少し高めの声でそう言ってヤテンは柔和に、親しみやすい微笑みを浮かべる。

「……そう言ってもらえてとても嬉しいよ。

ペイジン達にはとても助けられているし……獣人達はイルク村にとって欠かせない大事な仲間だ。これからも仲良くやっていきたいと思っているし、獣人国と友好関係が結べたなら、これ以上に嬉しいことはないだろう」

私が失言しそうになったら合図を送るとか言っていた、エイマや後ろに立つ皆の気配に意識をやりながら、ゆっくりと言葉を返すと、ヤテンは笑みを深くし……懐から何枚かの手紙と地図を取り出し、テーブルの上にそっと置き……こちらへとすっと滑らせてくる。

するとすぐにヒューバートが動いて、音もなくそちらへと近付いて……胸に手をやっての一礼をしてからそれを受け取り、私の方へと持ってくる。

ヒューバートから受け取った私は、まずは手紙の方を……王国とは違う折りたたみ方のされた、少し分厚いように感じるそれを開き、中身に目を通し……何よりもまず私にも読める文字が書いてあることに心底安堵する。

それから改めて内容を読んでみると、文章が古臭いというか堅苦しいというか……少し慣れないような言い回しが散見されるが、とりあえずは私達との友好を受け入れてくれる、というような内容であるようだ。

そして地図には草原地帯までが王国で、そこから西は獣人国の領土であると、そんなことを示す文字と線が書いてあり……ヒューバート達が作っていた地図とほぼ同じ地形になっているそれを見る限り、線の位置なども全く問題無いようだ。

確認を終えて私が頷くと、ヤテンは微笑んだまま……全身を少し強張らせ、先程よりも力を込めた声を上げる。

「まず国境に関して……国境を確定すること、国境の位置、関所を建てること、獣人国として異論はありません。

それによってお互いの国の間にあった問題が起こらなくなるのであれば、こちらとしても利となりますからな。

ただし一度確定したとなったら、それ以降に侵入などの問題が起こるようなことは無いようにお願いしたいですな」

「ああ、それはもちろん、関所だけでなく見張りなどで徹底させてもらうつもりだよ」

そう私が返すと、ヤテンは小さく頷き、言葉を続けてくる。

「いやはや、まったくもってありがたい限りです。

色々と問題のある国境地帯ということもあり、この辺りは開発が進んでいませんでしたからなぁ
……不安を抱えていた住民達も、メーアバダル公の力強いお言葉に安堵することでしょう」

「その安堵が長く続くよう、努力させてもらうよ。

ペイジン達ともその住民達とも、キコやその家族とも、もちろんヤテンや他の人達とも、長くいつまでも仲良くやれたらと思うばかりだ」

ヤテンを真似して背筋を伸ばし、声に力を込めて……一切の偽りのない本音をそのまま言葉にす

る。

するとヤテンはキコの名前を出したところで小さく驚き……私の言葉が終わった後にもまた何故なのか驚いた様子を見せる。

キコも確か獣人国のサンギとかいう役職だと言っていて……ヤテンも同じサンギで、知り合いかと思って名前を出したのだが、何かまずかっただろうか？

と、私がそんなことを考えているとヤテンは小さく咳払いをし……そうしてから話の続き、エリーが提案した投資についての話をし始めるのだった。


ヤテンの背後で、皮膚が乾燥する程の緊張に包まれながら――ペイジン・ド

(ああ、怖いでん、火山の噴火よりも怖いでん、あのヤテン様が笑みを浮かべてるなんて……)

いつもはテカテカと一定の湿度に保たれている皮膚を、カリカリに乾燥させながらそんなことを思ったペイジン・ドは……目の前で繰り広げられている交渉の様子を恐る恐るといった様子で見やる。

獣王様の獣人国……と、そんな言葉で済ませられる程、獣人国は簡単な国ではない。

様々な種族の獣人達が住まう関係で、様々な氏族が乱立しその果てに権力を握り……地方によってはそうした氏族達がまるでその地方の王であるかのような態度で振る舞っており……基本的には獣王に従っているそんな氏族、権力者達も、ゆえあれば反抗し、時には自らの権力維持や利益確保のために戦争になることも辞さない……と、そんな国内状況がもうかれこれ百年以上続いている。

そうした国内を駆け回り、剛柔をこれ以上なく上手く使い分けた交渉をし、見事過ぎる程見事な調停をしてきたのが目の前にいる男、獣人国参議、外務担当のヤテン・ライセイで……獣王に忠誠を誓う者はその名を聞けば青ざめながらも奮い立ち、反抗する者はその名を聞いた瞬間に腰を抜かして頭を垂れるとまで言われた、尋常ならざる人物である。

(……あっし、生まれて初めてヤテン様の笑みを見たでん……)

笑みを浮かべながら交渉を始め、何か仕掛けるかと思っていたら何も仕掛けず、平穏無事に国境に関する交渉をまとめ……そのままの流れでメーアバダル草原北部の、鉱山開発に関する交渉が始まり……それすらもが平穏に、何事もなく進んでいく。

(……投資で影響力を強めようとするでもなし、鉱山を乗っ取るでもなし……。まさかあのヤテン様が衰えたなんてそんなこと、無いと思いたいでん……んだも、まるで覇気を感じないでん……)

更にペイジン・ドがそんなことを考えていると、ヤテンは投資額と利益の分配に関する交渉の中で……譲歩とすら言えない、とんでもない条件を……ディアス達だけが得をして、獣人国は丸損をするというような、そんな条件を口にし始める。

（ゲコ!?　ゲ、ゲコ!?　ゲコッコ!?）

そのまさか過ぎる条件に動揺し、混乱したペイジン・ドが……今や老人達ですら使わない、先祖達が使っていたという古代語での悲鳴を心中で上げていると……ヤテンだけでなく、周囲の者達に相談をした上で眉をひそませ、ひどく不機嫌そうな表情をしたディアスまでがとんでもないことを言い始める。

「いや、それは駄目だ。

そんな私達だけが得をするような条件は受け入れられない。

……今回の投資話を考えた者はあくまで、獣人国との友好のためにと考えてくれたのだから、お互いの利益になる、お互いが長く続けていきたいと思う条件にしたい」

あのヤテン様が国がひっくり返るような譲歩をしたというのに、この男は一体全体何を言い出しやがったんだ。

その言葉を受けてそんなことを考えたペイジン・ドは……直立したまま、息を止めて白目を剥いて……あまりのことにほんの一瞬だけではあるが、その意識を手放してしまうのだった。

迎賓館の外で――ディアス

国境の詳細な位置や投資に関しての交渉が終わり、ヤテンとペイジン達が帰っていって、テーブルの上に残された今回の交渉に関する書類を眺めていると……迎賓館の入り口でペイジン達の馬車が去っていく様を眺めていたアルナーが、入り口のドアをしっかり閉じてから声をかけてくる。

「あのヤテンとかいう男、真っ赤だったぞ……その言葉におかしな嘘とかはなかったので黙っていたが……」

アルナーは少し前から角を光らせることなく魂鑑定が出来るようになっていて、どうやら交渉中も魂鑑定をしてくれていたようで……その結果を受けてエイマとヒューバートが慌てて書類の内容を確認し始める。

その文言、内容になんらかの罠というか、こちらを騙そうと意図というか、そんな悪意が含まれていないかの確認をし……悪意らしきものは何も無く、文章としても問題無かったのだろう、すぐにエイマとヒューバートがため息を吐き出しながら胸を撫で下ろす。

「悪意があるからといって、相手がすぐに何かをしてくるという訳でもないのだが……それにしても、いきなりとんでもない譲歩をしようとしたり、そのことをディアスが指摘した途端、譲歩を取りやめたり……よく分からないことばかりをする相手だったな」

そんな2人の様子を見てアルナーがそんなことを言ってきて……私達は一斉に首を傾げて、ヤテンの思惑についてを考え始める。

だが答えは出せず、そこら辺を読み通すことができるのは私が知っている範囲ではジュウハくらいのもので……今度何かの折にジュウハに相談してみるかと、そんな形で話し合いが落ち着いて……そうなるのを待っていたらしいゴルディアが声をかけてくる。

「相手の意図がどうあれ、これだけの金額の投資を受けられるってのはありがたい話だ。必要な資材はこれで買い集めることができるだろうし……後は鉱山開発について詳しいやつと、その手足になって働いてくれる連中が見つかればすぐにでも鉱山開発を始められるだろうな。……とはいえ、誰でも良いって訳にもいかねぇだろうから、信頼のおける良さそうなやつをギルドの方でも探しておくさ」

その言葉を受けて頷いた私達は、一旦ヤテンのことは忘れて、正式に始めることになった鉱山開発についての話をし始めるのだった。

馬車の中で――ペイジン・ド

　壁や床には上質な黒壇の板が使われていて、腰掛けには赤色に染められた上質なメーア布が敷かれていて、その上には綿をふんだんに使った座布団が置かれていて。

　窓の付近には風鈴を始めとした様々な細工品がかけられていて……窓そのものも職人が様々な技巧を凝らしたものとなっていて。

　普段ペイジン達が使っている馬車とは全くの別格の、どれだけの金貨を積み上げたらこれを買えるのだろうかと戦慄してしまう程に豪華な馬車の中で、ヤテンと向かい合う席に腰掛けたペイジン・ドが、なんとも居心地の悪そうな顔をしていると、それに気付いたヤテンがゆっくりと口を開く。

「……先程の交渉の席での身共の発言の意図が分からない、理解出来ないと、そう言いたげな顔だな？」

　その言葉にペイジン・ドがどう返したものかと悩んでいると、ヤテンはそんなペイジン・ドのことをじぃっと半目で見やってから、ため息まじりの言葉を返す。

「まぁ、今回の件に関してお前達は、かなりの尽力をしてくれたからな……その程度の疑問に答えてやるくらいは何でもないことだ。

そもそもあの場での交渉を、生粋の商人であるお前が理解するなんてことはまず不可能だろう。お前の資質がどうこうの話ではなく、商人であれば誰でも同様で……メーアバダル公の側に控えていたいかつい男も、終始お前とよく似た顔をしていたな……あれも恐らくは根が商人なのだろうな」

「しょ、商人を生業としている者には理解出来ない、ということでん……？

だんどもあれは投資とこれからの商売に関する交渉で、あっしらの本領のような……？」

首を傾げながらペイジン・ドがそう返すと、ヤテンは半目を更に細め……言葉を続けていく。

「その時点でもうお前は勘違いをしてしまっている。

そもそも今回の件は、向こうからの国家間の友好を求めての話だったはず……投資に関してはそのとっかかりに過ぎず、投資での儲けどうこうに主眼を置いていること自体が誤りなのだ。

友好……そう、友好だ。あちらは友好を求めて話を持ってきた、そうなるとあちらとしては友好関係さえ結べればそれで良し、鉱山開発による儲けなどは二の次……のはずなのだが、凡庸で愚かな者達は大体の場合、愚かであるがゆえにそこで本来の目的を見失ってしまうのだ。

大量の金銀が手に入るとなった途端欲に駆られて、友好を結ぶはずの席を金儲けのための席にしてしまう。

友好関係を求めてわざわざ足を運んできた身共の、ちょっとした油断に付け入って大金をせしめようとする。

商人ならばそれで良いのかもしれないが……身共やメーアバダル公はそれではいかんのだよ。

仮にあの話にそのままメーアバダル公が乗ってきたなら、その時点で友好の話は御破算となっていただろう。

友好関係を望む相手の油断に付け入って大金を奪っておいて何が友好か……そのまま戦争となってしまっても文句は言えないだろう？」

「そ、それは……それは……そういうもの、なのですけん？

あ、あっしからしてみると、重要な交渉の場でそういった弱みを見せてしまった者の過失のように思えますでん……」

「商人ならばそれで良い、国家を背負う者としてはそれではいかんということだ。

向こうから友好をと求められて、身共のような立場の者がわざわざ足を運んだのに、その思いを裏切り、金を奪い侮辱した……そうなれば戦争も止むなし、だが国家の末席の弱小勢力たる向こうはそうなることは望まんだろう。

しかしこちらにも面子がある、ただ戦争をやめてくださいでは話は飲めん……そう、今回の原因となった鉱山の所有権やちょっとした領土をもらわねば飲めん話だ。

……まぁ、身共も鬼ではない、そこまではしないさ、そこまではな。

仮にメーアバダル公がこちらの油断に付け入ろうとしたなら、その時点でそれを咎めて止めていただろう。

止めて優しく諭し……主導権をこちらが握った上で、会話を誘導し相手の心に確かな罪悪感を植え付けるのだ。

お前の話によるとメーアバダル公は大層なお人好しだそうだな？　お人好しに罪悪感という毒は効くぞ、生涯その心を蝕み続ける。

蝕んで弱らせて……死ぬまでこちらの思いのままだ。

……ああ、まったく、惜しいことをした、まさかあの提案を突っぱねるとは全くの予想外だった。

それ程の人物には見えなかったがなぁ……。

いやはや、それにしても惜しい、公がもう少しだけ欲深ければなぁ……あの草原を十年か二十年は好きなように出来たものを」

「ゲ、ゲコッ!?」

ヤテンの言葉にペイジン・ドは思わずそんな悲鳴を上げる。

その悲鳴を受けてヤテンはペイジン・ドのことを遥かな高みから見下すような視線で見やり……そうした上でなんともわざとらしい仕草でポンと手を打つ。

「……いや、そうか、こんな単純な手を思いつかないとは、身共の失策だったな。

……まずは相手を金銭的に追い詰める所から始めるべきだった。

あの幕家に獣人国の美術品が飾ってあったな？　あれらをもっと売りつけて金貨を吸い上げてから今回の話をすべきであった……ああ、まったく、商人共が側にいて何故すぐにそこまで思いつけなかったのか……いやはやまったく、恥じ入るばかり……やはり身共に商売は向かんのだろうな」

「ゲコココ!?」

手を打ってからからと笑いながらそんなことを言うヤテンと、それを受けてもう一度悲鳴を上げるペイジン・ド。

そんなペイジン・ドの様子を見てヤテンは、今度はからからでなくゲラゲラと……指を差し手を叩き、これでもかとペイジン・ドのことを見下しながら笑い声を上げるのだった。


馬車の外壁にへばりつきながら――――ペイジン・レ

生まれつきの両手両足を存分に活かし、ぺたりと馬車の外壁に張り付いて、耳をぐいと押し付けて中の会話を盗み聞きしていたペイジン・レは、中から聞こえてきた兄、ドの悲鳴を……あらかじめ打ち合わせていた合図を受けて、パッと両手両足を外壁から離す。

離して地面へと落下して……馬車の周囲に随伴していた護衛達、ペイジン本家に代々仕えている信頼のおける部下達に受け止めてもらったなら、飛び上がるようにして地面へと立ち、すぐさま紙と墨と硯《すずり》、筆という各種道具を用意し……さらさらと王国語で手紙を書き始める。

そんなペイジン・レの様子を、草原の終わりまで……新しく決まった国境まで護衛するということで付いてきた、犬人族の小型種達が首を傾げながら見守る中、ペイジン・レはヤテンの思惑とその人物像などについての詳細を手紙に書き記していく。

（まだまだデスナァ、ヤテン様……。

ヤテン様は確かニ、獣人国の重鎮で立派なお方でスガ……我が家の長男を長い間使いっぱしりとして使っタリ、今回の件で我が家全部を使いっぱしりにシタリ……それでいて大した対価をくれないとイウ、尊敬できないお方……そんなお方に我が一族が素直に従うなどト、どうして思ってしまったのでショウカ。

逆にディアス様は我が一族に十分すぎル程の対価を支払ってくださっテイマス。

商人たる我々がどちらニ付くかは……自明の理デショウニ）

と、そんなことを考えたペイジン・レは、ディアス達が自分達に提示してくれた対価のことを思い出す。

それは『関所が出来てもペイジン家だけは自由に通行して良い』というとんでもない権利で……これから関所が出来上がり、投資が進み、国交が樹立されたならその権利がどれだけの利益をペイジン家にもたらしてくれるのかは、想像も出来ない程である。

メーア布と岩塩と鉄という名産品を持つ隣国と自由に行き来が出来るのはペイジン家のみ、更に草原の向こうの隣領との交易の可能性まであって……。

他の商人達が関所で積荷の確認で足止めされて、通行税を支払っている中、自分達はそういった手間も金もかけることなく、自由に商売をすることが出来る。

(そうなれば屋敷が建つどころの話じゃありマセン、城……イエ、ちょっとした街や小国を造り上げられル程の銭が我が家に集まることニ……。

しかしそれはあくまデ、ディアス様がこの地の領主であることガ、健在であることガ前提……そんなディアス様を守るためならバ、ワタシ達ペイジン一家はディアス様の味方にもなりますトモ。獣王陛下とディアス様となったラ、流石に獣王陛下の方に天秤が傾きますガ……ヤテン様、アナタでは天秤は僅かも揺れまセンナ)

更にそんなことを考えながらペイジン・レは手紙を書き上げて……それをしっかりとした封筒の中に入れて封をし、封筒に一筆『ディアス様へ』との文字を書き上げる。

そうしてそれを無言で犬人族へと渡し……犬人族は突然のことに全力で首を傾げながらも、そこに書かれた文字を読み取って、とにかくディアスに届ければ良いらしいということだけを理解して、封筒を大事そうに抱えてイルク村の方へと駆けていく。

そんな犬人族のことを見送ったペイジン・レは……静かに筆などの道具を愛用の背負鞄の中へとしまい……そうしてからヤテンに動きを悟られないようにと静かに、無言で前方を進んでいる馬車へと追いつくべく足を進めていく。

そんな様子をしっかりと見ていた部下達は、何も言わずにペイジン・レの後に従い……そして護衛を続けていた残りの犬人族達は、隣国の人達には変わった風習があるのだなぁと、首を思いっきり傾げながらそんなことを思い……そうしてから気持ちを切り替え、鼻をすんすんと鳴らし耳をピンと立てて、ディアスから頼まれた大事な護衛任務を再開させるのだった。

迎賓館を片付けながら――――ディアス

外交交渉が終わり、迎賓館の片付けや掃除をしていると、そこに一通の手紙を大事そうに抱えた犬人族が駆けてきた。

その手紙はペイジン・レからのもので、先程帰っていったばかりのヤテンについての情報があれこれと書かれていて……それを読んでの私の感想は「まぁ、次回があったら気をつけるとしよう」という、そんな程度のものだった。

何しろ当のヤテンがもう帰ってしまっているし……交渉自体は上手くまとまった訳だし、特にこれと言って問題は無いというか困ったことも無いというか……今更だなぁというのが正直な所だった。

情報それ自体はありがたいものだったのだけど、手紙には『ヤテンは獣人国の重鎮であり、大変忙しい人物であり、それ相応の問題……国境問題などが起きなければこちらに来ることもそうそう無いだろう』なんてことも書いてあって……そうなると私達が気をつけるべきは、ヤテンの思惑どうこうよりも、厄介な性格をしているらしいヤテンがこちらまで来ることの無いように国境の管理をしっかりとしていこう……と、そういうことになるのだろう。

手紙を読み終えて皆に情報を共有して……アルナーなんかはそこまで興味もないのか片付けを再開させて、そうして少しの間があってヒューバートが口を開く。

「……では、自分の方で鷹人族達の手を借りながら急ぎで国境への杭打ちの方をやっておきたいと思います。

関所の建設も急ぎたいところですが……森も木材も無いこちら側でとなると、時間も資材の人手も、あちらの数倍はかかることでしょう」

ヒューバートによると、隣領側の関所は、森というそれ自体が侵入者の足を止める場所に、隣領の人々の手を借りて、森の木々を使って造ったからこそ、あっという間に出来上がった訳で……そうではない獣人国側の関所造りはそう簡単にはいかないようだ。

他国との境に造るとなると、軍事拠点としての面がより強くなるし、他国からの馬車の積荷をしっかりと検める場も必要となるし……他国の者達に見せつける目的で相応の威容も求められるし……今回のような賓客が来た場合には、ゆっくりと休める場所なんかも必要になる……らしい。

「あちらとしてもまさかすぐに関所が出来るとは思ってはいないでしょうが、しっかりと国境を管理すると約束した以上は、造っているというポーズを見せる必要はあるでしょう。

そういう訳でまずは杭打ち……鬼人族の領域との境に造っていたものよりも、密度の濃い、実質的には柵に近いものを造っていって、関所の建設予定地が決まったなら、そこには図面のように柵を設置して……しばらくはそれでしのぐとしましょう」

続けてヒューバートが言うには、鬼人族の領域との境に行っている杭打ちと、隣領との境にやる杭打ちは全く別種のものになるんだそうだ。

鬼人族の領域との境の杭は……点々と、と言ったら良いのか、結構な距離を開けて打たれていて……ぱっと見にはそれが何のための杭なのか分からないような形になっている。

それでも私達が杭を見れば、ああ、ここから先は鬼人族の領域かと踵を返すし、鬼人族が見れば、私達の領域なのかとそれ以上入らないようにしてくれているし、放牧などの際にも、お互いのメーアや家畜が杭を越えないように気をつけている。

それは同じ草原に住まう鬼人族との信頼関係が根底にあってのことで……他国が相手となるとそうはいかないんだそうだ。

信頼関係とかそういう話ではなく、絶対にこちら側に入るな、入ろうとするな、理由なく近付くなと、そんな風に相手に思わせる必要があるとかで……最低でも杭を打って柵のようにして、柵のように出来ないのだとしても、杭と杭をロープで結ぶくらいのことはしておきたいんだとか。

関所が出来上がって、関所から兵士達が目を光らせて、万が一こちら側に侵入する者がいれば即座に追いかけ、捕まえることが出来るのなら杭などは必要無いらしいが……それは当分先のことになるんだろうなぁ。

「そういうことならオラ共に任せておけぃ」

ヒューバートの関所講座の途中、突然そんな太く響く声が聞こえてきて、迎賓館の中で話し合っていた私達は、びくりと驚きながらも聞き慣れたその声の主が誰なのかにすぐに気付き、言葉を返す。

「どうしたんだ？　ナルバント。こんな所まで来て」

「ナルバントさんの方で関所を造ってくださるのですか……？」

私とヒューバートのそんな声を受けてナルバントは、太い腕を強引に組んで胸を張って、豊かな髭を揺らしながら大きな声を返してくる。

「こっちにも食料保存用の地下室を造ろうかと思ってやってきたんじゃが……なぁに、オラ共に任せておけば関所なんてモンはあっという間に造り上げてやるからのう。

材料も荒野から適当な石を切って運んできて積み上げればそれでなんとかなるからのう。

どでかい城を一丁に、そこから左右に延びる石壁を拵えりゃぁ、向こうの連中も大人しくしておるじゃろうて。

……そういう訳でおい、そこの……ゴルディアと言ったか、お前さんの方で酒を可能なだけ……オラ共が坊からもらった金貨で買えるだけの量、揃えてはくれんか」

そう言ってナルバントは懐から麻袋を取り出し……それをゴルディアの方へとポンと放り投げる。

ジャラリと音を立てたそれには、フレイムドラゴン退治や鎧を作ってくれたことなどの礼として、報酬として支払っていた金貨が……ナルバントとオーミュンとサナトの３人分入っているようで、結構な重さとなっているそれを受け取ったゴルディアは、突然のことに驚きながら「どうしたら良いんだ？」と、そんなことを言いたげな視線をこちらに向けてくる。

……ナルバント達が仕事の際に酒を飲むことも、酒を飲んでいた方が仕事が上手くいくことも知ってはいるのだが、すでに地下室造りや日用品作りなどをやっていて、忙しいナルバント達が山程の酒があるだけで関所まで造れるというのは……まぁ、まずありえないことだろう。

ロルカ隊やリヤン隊の手を借りるつもりなのかもしれないが……それでもまずは道具とか資材とか、そちらから揃えていった方が良いような……。

なんてことを私が考えて……悩んで言葉に詰まっていると、怪訝そうな顔をしたナルバントが、何か思いつくことでもあったのか、ドバンッと力強く手を打って大きな声を張り上げる。

「ああ、ああ、ああ！　なるほどのう！

さてはエリー嬢ちゃんの言っておった鉱山の投資話とやらが上手くいったんじゃな？

鉱山開発となれば当然オラ共の出番！　関所造りまでやらせて良いものかと悩んでおったという訳か？

坊、そういうことであれば安心せい。

その投資とやらで手に入る金で更なる酒さえ用意してくれれば、後はオラ共で鉱山の方もしっかりと造ってやるからのう、獣人国に鉄を売りつけるならやっぱり西側に造った方が良いじゃろうのう、運搬も楽じゃからのう。

関所も鉱山も西側ってんなら、関所の付近に溶鉱炉でも作ってついでに関所と鉱山と溶鉱炉を繋ぐ運搬用の道も作りゃぁ商売も捗るに違いないのう」

「い、いやいや、関所に鉱山に溶鉱炉に道に、なんてナルバント達でも出来るはずがないだろう!?　私達も出来る限り手伝うつもりだが、いくらなんでも手が足りなすぎるぞ!?」

ナルバントの声に対し私がそう返すと、ナルバントはなんとも不思議そうに首を傾げて、言葉を返してくる。

「オラ共だけで十分過ぎる程に手は足りておるからのう、坊達の手を借りる必要なんぞ無いがのう?」

「いやいやいやいや、たったの3人で手が足りるなんてそんなこと、あるはずないだろう!?」

「はぁ!?　坊!　お主は一体全体何を言っておるんじゃ!?　たったの3人な訳があるか!!　そんだけの大仕事となればオラ共洞人の一族総出でかかるに決まっておるじゃろうが!!」

ナルバントのその声を受けて……私達は呼吸も忘れてピタリと動きを止める。

私もヒューバートもゴルディアも、片付けをしていたアルナーもエイマも、それを手伝っていた犬人族達も動きを止めて、一斉に視線をナルバントへと集めて……全員同時に首を傾げながら洞人の一族総出とは一体……?　と、そんな疑問を胸中に抱える。

するとナルバントはその髭をゆっくりと撫でて……大きく息を吐き出してから言葉を続けてくる。

「坊……まさかお主ら、オラ共がたったの3人だけの一族だとでも思っておったのか？　そんな訳があってたまるか！　オラ共は両手両足の指でも足らん数の多勢の一族じゃ!!　イルク村には一族の者達を満足させるだけの酒が無いから呼んでおらんかっただけのこと……十分な量の酒さえあれば一族全員で目覚めて穴ぐらから出てくるわい!!　そうなれば関所も鉱山もホホイホイとあっという間に出来上がるからのう！　鉱山から掘り出した鉄鉱石じゃってさっささっさと鉄にして、鉄の道具も武器防具もなんもかんもお手の物……酒が尽きぬ限りオラ共に任せておけばなーんも問題無いわい！」

その言葉を受けて……勝手に3人だけの一族だと思い込んでいた私達は、動きを止めたまま、硬直したまま……しばしの間、呆然とし続けてしまうのだった。

それから始まったナルバントの話によると……洞人族は動物達がする冬眠、のようなことをするらしい。

天候悪化や災害などの理由で環境が悪化したなら、穴ぐらを深く掘ってそこで岩のように丸まって眠り……環境が改善するまで眠り続ける。

その間は食事などもする必要がなくて……目覚めるなり普通に動けてしまうくらいには体の状態も維持されるんだそうだ。

そして環境が改善したのかの判断は、一族の長がするんだそうで……その長がナルバントだった、ということらしい。

長だけは眠っている間も、気温の変化や自然の中に流れる魔力の量の変化を敏感に感じ取っているらしく、その変化でもってそろそろ外の環境が改善したかな？　なんて判断をし、確認のためにと目を覚まし……穴ぐらから出て一族が目覚めても問題ない環境なのかを確認し、一族が生活をしていくための下地を整えてから……一族に目覚めよと合図を送るんだそうだ。

「セナイ嬢ちゃん達の魔力を感じて目覚めて、穴ぐらから出ての確認をして……それから1人じゃぁ寂しいし手も足りないんでなぁ、家族だけを起こしてイルク村にやってきたという訳じゃのう。

それからすぐにでも一族の者達を起こしても良かったんじゃが……いきなり一族全員で押しかけても、食料は無い寝床は無い、更には役に立てる仕事も無いってことになりそうじゃったからのう、まずはオラ達でもって下地作りをしたという訳じゃのう。

それでまずは魔石炉を作って仕事場を作り、その魔石炉でもって物を仕上げてみせて、オラ共ならこれだけの仕事をすると見せた訳じゃのう。

次に地下に氷を使った貯蔵庫を作って、一族がやってきても大丈夫な量の食料を溜め込んでおけるようにして……ついでに貯蔵庫があれば酒の保存や低温醸造なんかも出来るからのう、物作りだけじゃぁなく、酒造りでも活躍出来る下地を作った訳じゃのう」

更に言うなら最近になってジョー達という新しい領民かつ領兵が増えた訳で……ジョー達のため

の驚く程に動きやすく頑丈な防具や、王様や貴族でも手に出来ないような切れ味鋭い武器を作ってやれるとかで……その上、関所造りという大役まであるとなったら、一族を目覚めさせるにはこれ以上無いタイミングだ……とのことだ。

「そ、そういうことだったのか……。

それはまた何と言うか……洞人族っていうのは凄まじい種族なんだなぁ」

ナルバントの話を聞いて私がそんな感想を口にし……ゴルディアやヒューバート、エイマは心底から驚いたような顔をし、周囲にいた犬人族達はまた領民が増えるんだと喜んで尻尾を振って……そしてアルナーは、領民が増えるということと、それと地下貯蔵庫での酒造りが始まるということに喜んでいるのか、いつになく目をキラキラと輝かせ、その頬を上気させる。

「むっはっはっは!! アルナー嬢ちゃんも喜んでくれているようで何よりじゃのう。

嬢ちゃんだと武器防具なんてもんよりもやっぱり酒かのう？ 低温醸造だと美味いぶどう酒が出来るのはもちろんじゃが、麦酒もすかっとした美味さになってくれるからのう……期待してくれて構わんぞ!!」

そんなアルナーを見て、髭を揺らしながら大きく笑ったナルバントがそんなことを言い、それを受けてアルナーはひどく喜び……そうやって盛り上がっていく2人になんと言葉をかけたものかと私が悩んでいると、新参のメーア達……メァタックやメァレイアと名付けた面々を引き連れたベン伯父さんが、難しい顔をしながらこちらへとやってくる。

そんなベン伯父さんに私が、ベン伯父さんまでこんな所までやってきてどうしたんだ？　とそんな言葉をかけようとしていると、それよりも早くベン伯父さんが顔の皺を深くしながら声をかけてくる。

「また酒がどうこうと、そんなことを言おうとしていたのか？　なぁ、ディアスよ、お前はどうしてそんなにも酒のことが嫌いなんだ？」

その言葉を受けて一瞬きょとんとした私は、首を傾げながら言葉を返していく。

「そりゃぁ酒は体に悪いもので、両親からも飲むなと教わったからで……」

「そんなことはないだろう、あの2人だってワインは好んで飲んでいたからな。

確かに酒は過ぎれば体に悪いもんで、程々に控えるよう気をつけるべきもんだが、全く飲むな、なんてことはあいつらも儂《わし》も言ってなかったはずだぞ？」

「……そう、だったか？　いや、しかし、子供の頃から酒は悪いもので嫌いで……戦場でも色々と酒の悪い部分を見てきたし……」

「その分だけ酒の良い部分だって見てきたはずなんだがな？

……まぁ、お前の目にはそういった光景は入らんかったんだろう、それを悪いと言うつもりも責めるつもりもないが……そろそろ思い出しても良い頃合いなんじゃないか？

お前……なんで酒嫌いになったんだ？　いつからなんだ？

神殿へと帰還した儂が調べ上げた、あいつらの死因に関わっておるんじゃないか？」

「え？　いや、両親は流行り病で……」

「あいつらの死因は毒殺だ、ワインに盛られた毒でな……。お前はあの2人がそれを飲む所を見たんじゃないか？見ただけじゃなくお前もそのワインを飲んだんじゃないか？」

それならばまぁ……その時の記憶を失ってしまったらしい今でも酒のことが嫌いで嫌いでしょうがないというのも、分かるんだがな」

そう言ってから伯父さんは、突然のことに驚き呆ける私に向けて、帰還してから調べたという情報についてをあれこれと語り始める。

神殿を二分した派閥争いの中心人物であった父と母は、伯父さんが聖地へと旅立った後、旧道派という派閥の実質的なリーダーとなっていったらしい。

そしてそのことを新道派は疎ましく思い、何度か父と母を陥れてやろうと策謀を巡らせたり論戦を挑んだりしたが、慎重かつ後ろめたいことがない両親には策謀が中々通じず、論戦は賢く雄弁だった両親に連戦完敗という有様で……正攻法で打倒するのは無理となって、後ろ暗い手段に走った……らしい。

その時その場で一体何があったのか、どんな会話がなされたのかは分からないが、とにかく新道派の連中が両親に毒の入ったワインを飲ませ、ついでに私にも飲ませ……そして両親は毒に倒れ命を失い、私は飲んだ量が少量だったからか、倒れはしたが命までは失わなかった。

そしてそんな私のことを、両親の仲間達が救い出し、治療をし……新道派の魔の手の届かない遠方の街へと連れて行ったんだそうだ。

連れて行ってそこで私の世話をするつもりだったらしい仲間達は、新道派の追撃の手にかかったのか、それとも新道派と戦うべく神殿へと戻ったのか、そこら辺のことはよく分からないがとにかく私の下から去り、そうして私は孤児となった……ということらしい。

「毒の後遺症か、高熱にやられたせいか、それとも両親を失ったショックか……その全てかは知らんが、その時のお前は意識が曖昧だったようだな。

そのせいであいつらの死因が流行り病だった、なんて風に思い込んだんだろう。

……周りの孤児達の親の死因が流行り病だったから、自分もそうに違いないと思い込んだ、というのもあるかもしれん。

まぁ、もう二十年以上も前のこととなったら、お前もはっきりとは覚えてはおらんのだろうが……それでも両親の死というのは衝撃的なことで、毒のせいで曖昧な意識にも深く刻み込まれるもので……それでお前は酒のことを嫌うようになったんじゃないか？

だとするなら……なぁ、ディアスよ、そろそろその呪縛から解き放たれても良い頃合いなのではないか？」

伯父さんは話の最後にそんなことを言って……そうしてから子供の頃以来になるような、心底から私を心配しているような目をこちらに向けてくる。

話を聞いていたアルナーも、ゴルディアも、ヒューバートもエイマもナルバントも、犬人族やメーア達までもがそんな目を私に向けてきて……そんな目に囲まれることになった私は、頭をガシガシと掻いてから、

「はぁー……そんなことがあって私は酒が嫌いになったなんて、思いもよらなかったよ。極稀に自分でもなんでと思うことがあったが……目の前で両親が死んだとなれば、酒は体に悪いものと思い込むのも納得だ。

そんなこと全然覚えてもいないし、今思い出そうとしても全然思い出せないのに……いやぁ、人間の記憶ってのは不思議なもんだなぁ」

と、正直に、今心の中に浮かんできた言葉をそのまま口にする。

両親が殺されたこと、それに酒が関わっていたこと……そのため私が酒を嫌っていたこと。

それ自体は衝撃的で驚いてしまう話だったのだが……まぁ、なんと言ったら良いのか、全てが今更だ。

両親がどんな理由で死んだにせよ、私がどんな理由で孤児になったにせよ、今は幸せに、充実した日々を過ごせている訳で……正直な所、何もかもが過去のこと過ぎて割とどうでも良い。

両親だって自分達の仇を取れなんて言わないはずで……今の幸せと家族を大切にしろと言うはずで、伯父さんもアルナーも、イルク村の皆もそんなことは望んでいないはずで……。

そうなるともうそんな感想しか出てこなかったのだが、それは伯父さんやアルナー達をひどく驚

かせたというか、落胆させたようで……一同の口から一斉に、露骨なまでに大きな、

『はぁ〜〜〜〜……』

というため息が漏れ出てくるのだった。

新しく関所を造る必要があり、それには相応の人手が必要で……ナルバントの仲間達、穴ぐらで眠っているという洞人族なら能力的にも人数的にも、最適だということになって……。

そんな洞人族には酒が欠かせないものなんだそうで、私の鎧作りの時もそうだったが、酒があってこそ本来の力を発揮出来るんだそうで……そういう訳でまぁ、これからは大々的に……という訳ではないけども、イルク村でも積極的に酒を買い、造れるようなら造り、皆で程々に楽しんでいくことになった。

とは言えやはり飲みすぎは体に悪いので、程々にすることが重要で……そんな中私は、これまで通り、酒とは距離を置いた付き合いをしていくことにした。

自分が酒を嫌う理由が分かって……酒が皆に必要だとも理解していて、だけどもやっぱり嫌いというか、酒で失敗してきた連中を見てきたりもした訳で、付き合いで舐める程度に飲むことはあっても、それ以上は飲む気にはなれなかった。

仮に私が泥酔してしまい、我を忘れて暴れてしまったとして、誰がそれを止めるのかという問題

もあるし……ここまで来てしまったらもう、酒嫌いも私の人生の一部なのだろう。

だけども今までのようにあれこれと言うことはせず、皆のために酒を用意するし、用意するために協力もするし……美味しく酒を飲める場も用意するし、そこら辺は領主としてしっかりとやっていこうと思う。

そんな方針となったことを酒好きのアルナー辺りは喜ぶのだろうなぁと思っていたのだが……アルナーは酒のことよりも私の両親のことの方が気になるようで、事あるごとにこんなことを言うようになった。

『仇討ちするならいつでも手伝うぞ？　相手が遠くに居ようが誰に守られていようが、やる気になってやってみればなんとかなるものだ』

アルナーが言うには鬼人族の中で仇討ちは、正しいこと……というか、誇りある行いとされているとかで、推奨されている行為であるらしい。

仇討ちをすることで被害にあった人の魂が救われるとか、その誇りが守られるとか、そういった考えがあるそうで……全くの善意でそう言ってくれているようだ。

両親が誰かに殺されていたということは相応にショックではあったし、恨む気持ちが無いとまでは言わないが……まぁ、うん、今となっては全て過去のことだ。

孤児になったからこそゴルディア達に出会い、ゴルディア達を守りたいと思ったから戦争に行って、戦争でクラウス達に出会い……戦争に行ったからこの草原の領主になることが出来た訳だからなぁ。

……これもまた運命、今が幸せならそれで良いのだろう。

何より両親は仇討ちを望むような人達ではなく、むしろ今の暮らしや幸せを捨てて仇討ちに走ったなら激怒するような人達だった訳で……両親のことを想うのなら、尚の事今の暮らしを大事にすべきだろう。

とまぁ、そんなことをアルナーに言ってみたのだけど、今ひとつ伝わっていないというか『それはそれとして仇討ちしてみても良いのではないか？』みたいな態度で……なんというか久しぶりに文化の違いというか、考え方の違いを痛感することになった。

まぁ、うん、無理強いとかはしてこないし、あくまで提案をするだけなので、そこら辺はもうアルナーなりの善意なのだと受け止めて……やんわりと断りつつも、そういうものなのだと理解していこうと思う。

そして洞人族については……ナルバントに30人程居るという一族を呼んでもらうことになったし、関所に関しても洞人族達にお願いするという方向で決まったのだが……今すぐに呼ぶという訳ではなく、まずは人数分のユルトと食料と、それと酒を用意する必要がある。

ユルトと食料は当然として、洞人族にとって酒を飲むという行為は食事に近いものらしく、飲んで当たり前、飲まないなんてことは考えられないことなんだそうで……ある程度の期間、酒を飲まなくても平気な顔をしていたナルバント一家は特別というか、特例というか……洞人族的には『異常』ということになるらしい。

鍛治仕事や力仕事で汗をかいたなら酒を飲んで水分と栄養を取る、何か嬉しいことがあったらとりあえず酒を飲んでそのことを祝う、特に何もなくても酒を飲んでその味を楽しんで……常にほろ酔い状態であるくらいの方が体も調子が良く、健康的……なんだそうだ。

これまた人種の違いに驚かされたというかなんというか……酒好きの都合の良い言い訳のようにも聞こえてしまったのだが、ナルバント達によると、そういうことでは無く、本当に洞人族とはそういう種族であり、そういう体をしているんだそうだ。

頑強で屈強で、その髭で鉱山毒なんかを無毒化出来て……ついでに酒の毒も無毒化出来て。

そういう訳で洞人族はどんなに酒を飲んでも、その毒を無毒化出来るので、酔うことはあっても理性を失ったり判断力を失ったり、暴れたりすることはないそうで……病気になることもないんだそうだ。

その上かなりの長生きで、冬眠のようなことも出来て……大昔には洞人族は、その頑丈さから岩人族、なんて呼ばれ方もしていたらしい。

「――岩のように眠るから岩人族なんてのはなんとも安直な感じがしてのう、いつからか洞人族と名乗るようになったらしい。

そっちはそっちで安直じゃぁないかと思うかもしれんが……まぁ、自分達で考えた名前の方が愛着が湧くってことなんじゃろうのう」

洞人族についての説明の最後にそう言って、ナルバントがレンガを積み上げた壁を、平手でペシペシと叩く。

その壁はアーチ状に半円を描いていて……壁と天井が一体化したような造りとなっている。

「他の地下貯蔵庫の壁は、石壁のようになっていると聞いたが、ここだけはレンガ造りなんだな？」

外交交渉をしたり、伯父さんから凄い話を聞いたりした日の翌日。

ナルバント達が工房のすぐ側に造った地下貯蔵庫の一つ……主に酒の保管と醸造用に造ったという結構な広さの空間に足を運び、松明を片手に持ちながら辺りを見回し……そうしてから私がそう言うと、ナルバントは笑みを浮かべて皺を深くしながら言葉を返してくる。

「おうさ、他の貯蔵庫は冷気を閉じ込めるための造りになっておって、ここは冷気を閉じ込めるだけじゃなく酒を上手に生かすための造りになっておるんじゃ。

レンガの隙間から呼吸が出来るから、酒の妖精達が集まる、集まった妖精達を大事に育てて……酒を造ってもらい、造ったならそのまま貯蔵し、妖精達に美味くなるように酒を育ててもらう。

場合によっちゃぁカビさえも酒の味方に出来るのがこの貯蔵庫よ。

この貯蔵庫いっぱいに酒樽を並べられたなら、オラ共としちゃぁ感無量……涙が出てくる程に幸せを感じられるじゃろうなぁ」

そう言ってナルバントは奥へと真っ直ぐに続く、半円の洞窟のようになっている空間を愛おしそうに眺める。

以前ナルバントの息子のサナトから酒蔵を造るとは聞いていたが……まさかこんな貯蔵庫と一体化したものだったとは……私がイメージしていた酒蔵とは全く違って驚いてしまうなぁ。

そんな地下の酒蔵は、果てなんて無いのではないかと思う程に長く深く……松明一本程度ではその全てを照らすことは出来ず、こんなにも広い空間を酒樽でいっぱいにするなんて、どれだけの量が必要になるのかと気が遠くなるが……大酒飲みを30人近く抱えるとなったらそのくらいは必要なのかもしれない。

そしてきっとその光景こそがナルバント達にとっての理想郷で……領主として私が達成すべき一つの目標なのだろう。

「そういうことなら……まずは買い集めるための金、次に酒造りのための材料のことを考えないとだなぁ。

ユルトと食料も用意しなきゃいけないし、しばらくは忙しくなりそうだな」

ナルバントに対し、私がそう返すと……私と一緒にここへやってくるなり黙り込んで、目を輝かせながら周囲を見回していたアルナーが声を上げる。

「馬乳酒以外の酒なんてどう造るのか想像も出来なかったが……妖精の力を借りるとはな、驚いたぞ！

ここでならあのぶどう酒とかが造れるのか!?」

するとナルバントは「むっはっは！」と髭を揺らしながら笑い、揺れた髭を手で押さえながら言葉を返す。

「ぶどう酒だけじゃないのう、リンゴ酒に麦酒、ハチミツ酒にベリー酒、芋酒なんかも出来るのう。お隣では砂糖葦があるんじゃったか？　なら砂糖葦酒も造れるし……甘けりゃぁ大体なんでも酒に出来るもんじゃのう。

今の時期じゃと……ハチミツなら手に入るんじゃないかのう、あの森ならそれなりの数のミツバチがおるはずじゃからのう……ハチミツさえ手に入れば後は四・五日もあればハチミツ酒の出来上がりじゃ。

酒樽のための良い木材を使って、薬草なんかを入れても良い風味のハチミツ酒になるからのう、そこらへんを森の中で、セナイとアイハンに手伝ってもらいながら集めるのがまずすべきことじゃぁないかのう。

それと金じゃったか……金稼ぎに関しちゃぁオラは素人じゃが……なんぞ売れるもんでもあれば拵えてやるからのう、なんでも言うてみると良いのう」

そんな言葉を受けてアルナーは、

「あの甘いハチミツで造った酒はどんな味になるんだろうな!?

薬草と組み合わせるというのも面白いし……妖精の力で酒を造るなんて知りもしなかった！　一体どんな風になるのか今からワクワクしてくるな!?」

なんて声を上げる。

今までは仇討ちのことばかり気にしていたが、すっかりと完成した酒蔵を前にして、酒好きとしての想いが膨れ上がってしまったのだろう、まるで宝石や花々を前にしたかのように興奮し、はしゃぎ……あまり見ない一面を見せてくる。

そうやってアルナーが喜んでくれていることが嬉しいのか、ナルバントもまた声を弾ませながらアルナーに声をかけ……そうして2人が盛り上がっている中、まっすぐに続いている道のようになっている空間の奥から、サナトがのっしのっしと歩いてくる。

「おう、来たか、以前頼まれたもんもしっかりと造っておいたぞ。

親父達が落ち着いたら案内してやるから、もうちょっと待ってな」

歩いてくるなりサナトはそう言って……奥にあるらしいそれの方向を指で指し示すのだった。


「それでそれで、ディアスは何を頼んだのー？」

「なにをつくったの？」

翌日。

長いブーツに手袋にマントという、いつもの森歩きの格好をし……セナイとアイハンと、アルナーとエイマと、それと馬達と共に森の中を歩いていると、先頭を駆けていたセナイとアイハンが振り返りながらそんな問いを投げかけてくる。

「私がサナトに頼んだのは、発酵小屋だな。ピクルスとかチーズとか、そういうのを作り保管するための小屋をお願いしたんだが……どうやらサナト達は小屋ではなく、地下を掘ってそこに酒蔵と同じような造りで、酒蔵のすぐ側に造ったようだ」

孤児の頃、畑仕事などをしてもらった質の悪い野菜は、すぐに悪くなってしまうため、その日のうちに食べきれない分は全て塩水や酢水に漬けてピクルスにしていた。

そうやっておけばある程度の保存が効くし、美味しくなるし、ついでにピクルスを食べていると何故だか体の調子も良くなるしで重宝したものだが……ただそこらに置いているだけでは上手く漬からないので、発酵小屋と呼ばれる専用の小屋を造ったものだ。

その際に気をつけたのは湿気がたまり過ぎないことや、風通しが良いことで……そこら辺のことを知らなかった最初の頃は失敗してばかりだったことを思い出す。

「その小屋にも妖精さんがいるの？」

「おさけをつくる、ちいさくてかわいい、ようせいさんー」

発酵小屋についての説明をしているとセナイとアイハンが更にそんな問いを投げかけてきて……

私は笑顔で頷いて、肯定をする。

……妖精と言っても、伝承にあるような妖精ではない。

酒やチーズなんかを作り出す、発酵と呼ばれる不思議な現象を引き起こす『何か』をそう呼んでいるだけのことで……かつての私達はそれを精霊のイタズラと呼んでいたし、ナルバント達は妖精の仕業と呼んでいるようだし……とにかくその よく分からない現象に、適当な名前を付けてそう呼んでいるというだけの話だ。

そんな話をセナイとアイハンはいたく気に入ったようで、目に見えないし話をすることも出来ないし……本当に実在するかどうかも分からないまま、こんな格好をしているんじゃないかとか、こんな暮らしをしているんじゃないかとか、そんなことを考えて楽しんでいるようだ。

「きっとお酒とピクルスは違う妖精だよ！」

「おさけのようせいは、きっとおひげがはえてる！」

なんてことを言いながら森の中を駆け回り……飛んで跳ねて、その勢いのまま木に登ったりもして、セナイとアイハンは森の中を存分に楽しんでいく。

そんな春の森の中は、何と言ったら良いのか……去年の様子とは全く違ったものとなっている。

今までも何度かセナイ達と一緒に遊びに来たり、隣領に行く時に通ったりもしていたのだが、その時よりも更に雰囲気が変わったような様子で……爽やかな風が吹き、日光が眩しいくらいに降り注ぎ、地面には色とりどりの小さな花々が咲き乱れている。

「今くらいの時期の森はこんな風になるものなのかな……？」

そうした光景を見やりながら私がそんな独り言を言うと……隣を歩いていたアルナーは、無言ながらその首を左右に振って否定の意を示してくる。

アルナー達鬼人族は長年、この森から木材を得ていたようだし、そんなアルナーが否定するならばやはりこれは……と、そんなことを考えていると、近くをのんびりとした様子で歩く、馬達の頭の上でゆったりと体を休めていたエイマが、声を返してくる。

「どうやらセナイちゃんとアイハンちゃんが行った間伐のおかげのようですね。

木々が減って陽の光が地面まで降り注ぐようになって、小さな草花がよく育つようになって……そこに木々に邪魔されることなく風まで吹いてくるもんだから印象ががらりと変わったようなんですよ。

小さな草花が増えたおかげで、蝶々とか……お目当てのミツバチも数を増やしたみたいですし、秋には色々な薬草やベリーが採れるようになるそうですし、手入れをするだけでここまで変化するなんて、ボクも驚いちゃいましたね」

「はぁ……なるほど。

間伐がいかに重要なことかというのは、セナイ達から何度も聞かされていたが、ここまで効果があるとはなぁ……キノコ畑のことや、苗木を植えた一帯のことを考えると、この森はこれからも、かなりの恵みをもたらしてくれそうだなぁ」

「そうですねぇ……木が育つまでは何年かかかるものですけど、セナイちゃん達は木や草花の成育を早める魔法なんかも使えるそうですし……もしかしたら今年の秋に大豊作、なんてことになるかもしれませんね。

……あ、そろそろですよ、セナイちゃん達がナルバントさん達に手伝ってもらいながら、こっそり作ってたアレがある場所は」

会話の途中でそんなことを言って、エイマが前方にあるちょっとした広場のような空間を指差して……そこにあるらしいある物の話を聞いてからずっと、気もそぞろというか、それのことばかり考えていたらしいアルナーが、弾んだ足取りでそちらへと駆けていく。

私と馬達もそれを追いかける形で足を進めて……すると見張りをしているのか何人かのシェップ氏族の若者達が「ようこそ！　ハチミツ畑へ！」なんて声をかけてきて……そしてその空間に並ぶ、いくつもの箱の姿が視界に入り込む。

長い四本脚があり、三角屋根があり、出入り口らしい小さな穴の空いた、四角い箱。

そんな箱の下には、四本脚に引っ掛ける形で一枚の板が設置されていて……そんな箱のことを少しの距離を取りながら眺めていたセナイ達は、手を組んで祈りを捧げるようなポーズをし、何か呪文のようなものを唱えて……それから手をくるくると振り回し、何度かの円を描いてから、箱の下へと近付いていく。

「……今のアレは？」

そんな様子を見て……蜂に刺されるのが怖くて、馬達をシェップ氏族達に預けた上で離れた場所にいた私が声を上げると、私の肩へと移動してきたエイマが言葉を返してくる。

「森人に伝わる魔法で、ミツバチと会話をするためのもの……だそうです。ボクにもよく分からないんですが、ミツバチは独特なダンスで会話をするんだそうで……それの真似をしているとかなんとか。

あとは練った魔力を香りのように漂わせれば簡単な会話というか、意思疎通みたいなことが出来る……らしいです。

まー……ミツバチと意思疎通が出来るのはセナイちゃんとアイハンちゃんだけなので、近付かないほうが無難ですよ、見張りの犬人族さん達も遠巻きに見張りをするだけですし……。

アルナーさんは気にもしないで近付いちゃってますけど」

エイマの言う通り、アルナーはセナイとアイハンの直ぐ側まで駆け寄っていて、興味深げに小屋の中を覗き込んでいて……セナイ達はそんなアルナーにあれこれと説明をしながら、背中の背負籠から出した瓶を、蓋を外した上で箱の下にある板の上にそっと置く。

そうしてから箱の上の、屋根の辺りに鉄の棒を差し込んで、差し込んだ棒をくいっと持ち上げると……少しの間があってから、何がどうなっているのか、板の上に置かれた瓶の中にトロトロと黄金色のハチミツが流れ込み始める。

「……あれは一体全体、どういう仕組みなんだ？」

そんな光景を見やりながら私がそう尋ねると……エイマが愛用の小さな本を広げて、そこに書かれた図を使いながら説明をしてくる。

「ミツバチさんは、こんな感じの六角形の巣に住んでいるって知ってますか？　この六角形の中で寝て子育てをして……ハチミツを溜め込むのもこの六角形の中なんです。

で、あの巣箱の中の六角形は……二枚の板を張り合わせることで作られているんです」

六角形の左半分が縦にずらっと並んだ板と、六角形の右半分が縦にずらっと並んだ板を、ピッタリと張り合わせることで六角形を作って……セナイ達の魔法で誘導されたミツバチ達はそこに住まい、ハチミツを溜め込んでいる。

そしてその板には鉄の棒を引っ掛けるための穴が空いていて……そこに鉄の棒を引っ掛けて、六角形を作り出している板のうち、片方だけを持ち上げてやると、板と板が作り出していた六角形が割れた形となり、そこに溜め込まれていたハチミツが一気に流れ出る……なんて仕組みになっているらしい。

流れ出たハチミツは、当然の流れとして下に落ちていって……縦に並んでいた六角形全てからトロトロと流れ出たハチミツが巣箱の底に集まって……底に空けられた穴から、板の上に置かれた瓶の中へと流れ込んでいって……持ち上げた板を元に戻せばミツバチ達はまたそこにハチミツを溜め込んでくれるんだそうだ。

「むかーしの古代と呼ばれる時代に発明された仕組みらしいですね。

それを森人さん達が秘伝として伝えていたとかで……セナイちゃん達はご両親に教わったんだそうです。

でも自分達だけじゃ巣箱を作れないからナルバントさん達にお願いして作ってもらって……ナルバントさん達がぱぱーっと作り上げたのがこの巣箱群です。

セナイちゃん達は巣の世話や警備を約束する代わりに、そのハチミツの一部を貰い受けるという契約をミツバチとしているとかで……さっきの魔法でこれから契約通りにハチミツをもらうから、巣からちょっとだけ離れてて、とか、そんなことを伝えていたようですね。

こうやってハチミツを取れば、いちいち巣を壊さなくて良いですし……手間がかからなくてミツバチの負担も少なくて、とっても良い方法だと思いますよ。

まぁ、ミツロウが全然取れないって欠点はあったりもするんですけどね」

続くエイマの話によると、セナイ達は巣箱を作ってはみたものの、実際に上手くいくかどうかはやってみないと分からないとかで、私達には黙っていたらしい。

ハチミツはとても貴重で、甘くて美味しくて、体にも良いものだ。

それをこんなに簡単に取れるなんて聞けば私達は期待するに決まっていて……失敗する可能性がある中で、そんな期待を持たせたくなかったんだとか。

材料としては間伐材と、土と何本かのロウソクで済み、ナルバント達にとってとても簡単な細工だったとかで……大した負担でなかったこともあって、エイマもそれに協力していたようだ。

「……いやまぁ、うん、森で畑を作ったり、採取をしたりするのは2人の好きに、自由にして良いと言っていたから、黙っていたこと自体は問題ないんだが……こんなに簡単にハチミツが手に入るなんてなぁ、驚いたよ。

子供の頃、何度か養蜂家の手伝いをしたことがあるんだが、あちこちをこれでもかと刺されるのが当たり前だったのになぁ……」

エイマの説明を受けてそう言った私が……子供の頃の、巣箱を力ずくで砕いてハチミツを絞っただとか、巣箱のハチミツの量が足りない時に、野生のミツバチの巣を強引に奪って、全速力で走り回ってミツバチの追撃を躱したりしただとか……そんな思い出話を語っていると、エイマが半目になって無言での、なんとも言えない視線を送ってくる。

そんな視線を受けて私は、一瞬何か思う所でもあるのかと戸惑うが……しばらく待ってもエイマが何も言って来ないので、気にすることなく両手で抱える程の大きな巣を手に入れた時の激闘の思い出を、懐かしい気分に浸りながら語り続けるのだった。


私があれこれと昔のことを思い出しているうちに、ハチミツの採取は無事に終わったようで、セナイとアイハンがハチミツがたっぷりと入ったガラス瓶を両手で持って、本当に嬉しそうな、にへらとした笑みをこちらに向けてくる。

そのガラス瓶は結構な大きさとなっていて……その瓶をいっぱいにするだけでも結構な量なのだが、セナイとアイハンが持っている分で二本、足元に置かれているので二本、合計四本ともなると、

もうとんでもない量だと言えて、私は思わず、

「おおお……こんなに簡単にこれ程の量が取れるとはとんでもないなぁ」

なんて声を漏らす。

するとセナイとアイハンはますます嬉しそうに笑って、これでもかというくらいに笑顔を弾けさせて……そうしてからまずは手にしている瓶を私の足元に二本持ってきて、それからもう二本も持ってきて、それらの瓶を私の方に差し出しながら声をかけてくる。

「ミツバチが困らないように、全部の巣箱からちょっとずつだけもらったからこれだけだけど……また明日か明後日か、もっと後になったら同じくらいの量が取れると思うよ！」

「おさけにつかうんでしょ、はい！　あげる！」

その言葉を受けて私は隣に立つアルナーの方を見て……私が何かを言うよりも私の表情から言わんとしている言葉を察したのだろう、頷いたアルナーは一言、

「ディアスの好きにしたら良い」

と、そう言ってくる。

それを受けて私も頷いて、それからセナイ達の方へと向き直り、膝を折ってしゃがみこんだ私は、セナイとアイハンの頭を撫でながら言葉を返す。

「セナイ、アイハン、ありがとう、２人の気持ちとても嬉しいよ。

だけどこのハチミツは２人が頑張って手に入れたものだから、何もしていない私がタダでもらう

訳にはいかないな。

セナイ達だって大好きなハチミツを舐めたり料理に使ったりしたいんだろうし……それにナルバント達に手伝ってもらったんだろう？　ならナルバント達に礼としてあげたりもしないといけないだろうし……このハチミツは2人の好きにするといいよ」

そんな私の言葉を受けてセナイとアイハンは、まさかそんなことを言われるとは思ってもいなかったというような、驚きでいっぱいの表情を浮かべて……そうしてから少し困ったような表情となって、どうしたら良いのか分からないと言わんばかりに首を傾げる。

「2人で使うには多すぎるとか、それでも私の仕事に使って欲しいと思うのなら、その場合はタダでもらうのではなくて、買い取るという形になるかな。

ハチミツはとても高価なものだからね、エリーとかに市場での値段を聞いて、それに近い価格で買い取って……セナイとアイハンは仕事を頑張った報酬としてその金貨や銀貨を手に入れる訳だ。

それらは当然2人のものになる訳だから、ペイジン達が来た時に何か好きなものを買うとか、エリー達に頼んで何か欲しいものを仕入れてもらって、それを買うとかも良いかもしれないね」

私がそう言うと、セナイとアイハンはまさかそんな話をされるとは思ってもいなかったのだろう、ハチミツの瓶を差し出したポーズのまま、目をこれでもかと見開いて丸くして……驚くやら何やらで言葉を失ってしまう。

……今までもセナイ達には色々な家事を手伝ってもらっていて、森でキノコなんかを集めてもらったりもしていて、そのご褒美として小遣いと言って良いくらいの銅貨などを渡していた。

だがこれだけのしっかりとした作りの、かなりの利益が出る施設を、2人だけが持っている知識で、2人が中心となって作ったとなると……お小遣い程度の金額では足りないにも程があるだろう。

2人は以前から森人にしか使えない魔法とか、森人だけが持っている知識でイルク村の皆を助けてくれていたようだし……この機会に、そこら辺に関する礼というか、相応の報酬を支払っておくべきなのだろう。

「え、えーっと……お金、もらえるの？」

「わたしたちの、おかね？」

私がそんなことを考えていると、自分達なりに考えをまとめて、いくらか冷静になってきたらしいセナイとアイハンがそう言ってきて……私は頷きながら言葉を返す。

「ああ、セナイとアイハンのお金だ。

私やエリー、ゴルディアやアイサ達も子供の頃から働いていて、その対価としてお金をもらっていたんだよ。

お金をもらって、それで色々な買い物をして……そういった経験から数え切れない程の勉強をしたものだ。

お金を使いすぎたり、変なものや必要ないものを買ってしまったり、かなりの失敗もしたものだが……そんな失敗も今となっては良い経験だったと思っていて、こんなにも凄い仕事をこなした2

人にも、そういった経験をしてもらいたいのさ。

もちろん無駄遣いが過ぎたり、悪い使い方をしそうになっていたりしたら、その時はアルナーと一緒にきつく叱ることになるけどな」

そんな私の言葉を耳にしたセナイとアイハンが、すぐにはその意味を理解しきれないのか、口をぽかんと開けながら呆ける中……アルナーがこくりと大きく頷いて、私と同意見だと示してくる。

アルナーも若い頃から色々と働いていたようだし……働きながら家庭の事情でその報酬のほとんどを家のために使っていたようだし、色々と思うところがあるのだろうなぁ。

セナイとアイハンのことをなんとも誇らしげな表情で見やり、心底から喜んでいるのだろう、頬を上気させていて……しかもそれがアルナーにとっても好物であるハチミツ絡みの話ともなれば、誇らしさも嬉しさも私のものとは比べ物にならない程になっているのだろう。

そんなアルナーの様子に気付いたセナイとアイハンは、手にした瓶とアルナーの表情を交互に見て……瓶をそっと足元に置いて、両手を大きく広げる。

するとアルナーはそんな2人のことを抱きしめて、よしよしと頭を撫でてあげて……セナイとアイハンは本当に嬉しそうに目を細める。

「他にももっと稼ぎたいからと、変な仕事に手を出そうとしても叱ることになるが……まぁ、セナイとアイハンならそこら辺は大丈夫だろう、大人達に相談することを忘れない子達だからな。

エイマも側に居てくれているし……皆に相談しながらこれからも頑張ると良い。

……しかしこのハチミツ、簡単に取れるだけでなく質も良いんだなぁ……普通は布でこしたりして、ゴミとかを取らないといけないものなんだが……瓶の中を見る限りその必要もないくらいに綺麗だからなぁ……。

これだけ綺麗なら後は味次第で良い値段になるんだろうなぁ」

なんてことを言いながら私がハチミツの瓶を手に取ると……セナイとアイハンは、アルナーの腕の中でふんふんと鼻息を荒く鳴らし、どうだ凄いだろうと言わんばかりの表情をする。

そうしてから2人同時に、

「もちろん味も良いよ！」

「かおりもいいよ！　ちかくにそういうはなを、たくさんうえたもん！」

なんてことを言う。

「ああ、そうか……ミツバチに美味しい蜜を吸わせれば自然とハチミツも美味しくなる訳か。

この品質のハチミツが定期的に手に入るなら、ハチミツ酒辺りはあっという間にそれなりの量を揃えられそうだなぁ」

私がそう返すとセナイとアイハンは、お互いの顔を見合い、嬉しそうに笑い……そうしてから何かもっと褒めてもらえることは無いかと考えているのか「うーんうーん」なんて声を上げながらしばしの間悩んで……それから『あっ！』と同時に声を上げ、言葉を投げかけてくる。

「お酒なら赤スグリがあるよ！　赤スグリ！　あっという間に増えるから、夏になったらたくさんワイン作れるよ!!」

「あんまりおいしくないけど、ワインにできるよ!!」

「あ、赤スグリを植えたのか!?

なんだってあんなものを……!?　い、いやまぁ……森人の2人なら扱いを間違えることもないだろうから、問題ない……か?」

セナイとアイハンの言葉を受けて私がそんな声を上げると、赤スグリのことを知らないらしいエイマとアルナーがこちらに同時に視線を向けてきて……私はそんな2人に赤スグリがどんな植物かを教える。

そこまで大きくならない木で育つのが早くて、夏頃になると名前の通りの赤い実を大量につける。

その実はとても小さくて、味も薄くて美味しいとは言えないものだが、ジャムにしたりセナイ達が言う通りワインなんかにしたりすると中々悪くない味になってくれるという、加工品向きの果物だ。

植木鉢とかで意図的に小さく育ててもたくさんの実をつけてくれるので、食べるものが無い時などには頼りになるのだが……成長が早くて木が小さくてもたくさんの実をつけるものだから、油断するとあっという間に増えてしまうという欠点がある。

増えて増えて、増えすぎて他の植物を枯らしてしまうなんてこともあって……私もかつて孤児仲間達と調子に乗って増やしすぎて、周りに迷惑をかけそうになったことがあった……。

だがまぁ……赤スグリの実が手に入るなら、春はハチミツ酒、夏は赤スグリワイン、秋になったらベリーワインを造ることが出来る訳で……洞人達の酒を確保するという目的は、とりあえず達成出来る訳で……そう考えた私は、セナイとアイハンに、

「赤スグリの管理も大事な仕事だから、油断せずに行って……もし困ったことがあったら、すぐに相談するようにな！」

と、力を込めた声で念を押しておくのだった。

数日後。

セナイとアイハンが採取したハチミツで、とりあえずのハチミツ酒が完成して……更に赤スグリなどで先々の酒の材料もなんとかなりそうだとなり……隣領に買い出しにいっていたゴルディア、アイサ、イーライが帰還し、それ相応の量のワイン樽を持って帰ってきてくれて……そのことをナルバントは思っていた以上に喜んでくれた。

色々な酒が飲めるというのもそうだが、自分達のために……自分達の力を求めてここまでしてくれたことが嬉しいとかで……目を潤ませたりしながら本当に喜んでくれて、そうして正式に洞人達をメーアバダル領に呼び寄せることが決定した。

決まったなら後は呼ぶだけで……そのための儀式のようなものが必要なんだそうで、広場の中央

に木を組んで火を点けて……そしてその側に短い足を投げ出して座ったナルバントが、出来上がったばかりのハチミツ酒入りの、セナイとアイハンの似顔絵が描かれた瓶を持ち上げながら声を上げる。

「ディアス坊！　人の体とはなんじゃ！

人の体とは砂粒がいっとき集まって出来上がった姿に過ぎん！

いずれは崩れ去り、土に還る運命のもんじゃ！　そんな体で生きる人生に意味を求めるのは虚しいことじゃとは思わんか！」

それはなんとも哲学的な問いかけで……子供の頃に受けた伯父さんの授業のことを思い出しながら、ナルバントに向かい合うようにあぐらで座った私は、頭を悩ませながら言葉を返す。

「それでも家族と友達と、毎日を満たしてくれる美味しい糧があれば、人生も楽しいものだろう」

「そうか！　それも一つの考えじゃろうのう。

確かに嘆き悲しむよりも、このいっときを楽しんだ方が良いのじゃろう！

じゃがオラはもう少し良い方法を知っておる、酒じゃ、酒を飲むんじゃ！

酒とはつまり、疲れ乾いた砂粒を潤してくれる命の水じゃという訳だのう！

砂粒一つ一つの隙間に入り込んで、浸透して、全てを潤し、癒やしてくれる……酒こそが人生！

これを忘れちゃぁおしまいじゃのう！」

「……まぁ、うん、否定まではしないが、体を害さない程度に楽しんでくれよ」

「うむ！　聞こえるか愛しい友よ！　いつかまた相会おうと誓い合った同胞よ！　オラ共は新たな村を得た、毎朝踏みしめる大地を決めた！　この只人がオラ共の力を借りたいと望んでおる！

それだけじゃぁなく、お主達がおらんで盃までが寂しいと悲鳴を上げておる！　このまま顔を見せんのであれば、盃地に傾げ、大地の砂粒を癒やしてくれるぞ！」

そう言ってナルバントは瓶を傾けて、地面に置いておいたコップへとハチミツ酒を注いでいく。

そうやってコップへとなみなみハチミツ酒を注いだなら……手に持って少し傾げて、ちょろちょろとハチミツ酒を地面へと注ぎ始める。

そうやってほんの少しを注いだら、コップに口をつけてごくりと飲んで、また地面に注いだら口をつけてごくりと飲んで。

その行為に一体どんな意味があるのか……少し離れた所からその様子を見ていたモント達が「もったいねぇなぁ！」なんて声を上げたり、セナイとアイハンが『えーーー！』なんて抗議の声を上げたりする中、何度も何度もその行為は繰り返されて……そうやって一瓶を空にした頃、地面が揺れているような、そうでもないような……なんとも言えない違和感が地面から伝わってくる。

モント達やセナイ達の声で今ひとつよく聞こえないのだが、何かが揺れているような、震えているような……かといって地震という程でもないし、一体何事だろうかと周囲を見渡していると、ナルバントが酒を注いだ辺りの地面がボコンと割れて、そこからズイッと太い腕が生える。

「うおう!?」

あまりのことに私がそう声を上げて、それで地面から生えた腕に周囲で様子を見ていた皆が気付いて、驚き困惑し静まり返り……誰も何も言えなくなる中、腕だけでなく肩が生えて毛むくじゃらの頭が生えて……ナルバントそっくりの洞人が地面から這い出てくる。

「あぁぁ〜〜〜よく寝だぁー」

そうして一声上げた洞人は、広場の地面に大きな穴を空けながら這い出て、地面を踏みしめて二本の足で立って……身体中の土を払って落とし、さんざんに咳き込んで酒に焼けた喉を痛めつけてから……ナルバントのコップを受け取り、ハチミツ酒をぐいと飲み干す。

「あぁぁぁ〜〜〜、うんめぇなぁ〜〜〜」

更に一声、そう言ってからその洞人はナルバントの横に並んで座り……それを待っていたかのように次の腕が、先程空いた大穴からズズイッと生える。

「……ま、まさか、イルク村の真下で寝ていたのか!?　ナルバントの言う穴ぐらとはここのことだったのか!?」

その光景を見て私がそんな声を上げると、ナルバントは「だっはっは！」と笑ってから、コップの中身をぐいと飲んでから、言葉を返してくる。

「流石にそんなことはないから安心せい。

坊達が酒の用意をしてくれてる間、オラ共の方で同胞を呼ぶための道を作っておいたんじゃよ。

同胞が目覚める時だけに許された特別な魔法で、穴ぐらからここまでまっすぐに洞窟を掘って……そんでもってこの広場へと繫げておいたんじゃ。

なぁに問題はないわい、儀式が終わったら危なくないよう、ちゃんと埋め直しておくからのう」

ナルバントがそう言う間も次々に地面から腕が生え、洞人が生え……洞人の男女がどんどんと数を増やしていく。

全員が全員立派な髭を生やしているせいか、その年齢の程ははっきりしないが……赤ん坊や幼児といった年齢の子供は見当たらず、とりあえず全員が大人ではあるようだ。

そしてその全員が地面から出てくるなりナルバントが用意した酒を飲んでいって……ハチミツ酒はあっという間になくなり、それを受けてサナトがワイン樽を抱えてきて……ナルバントのコップにそのワインが注がれていく。

「はぁ～～この紅の美酒はなんて名前なんだろうなぁ～～」

「いや、どう考えてもぶどう酒でしょ、あんたいくら長く眠ってたからって、酒のことを忘れることないじゃないの」

「果実酒なんて全部一緒だろう？　俺ぁやっぱハチミツ酒がいいなぁ」

「ばっかおめぇ、蒸留酒にまさるもんがあるかってんだ！」

「あ～～～、飲みてぇなぁ、蒸留酒!!」

次々に現れては酒を飲み、そんなことを言い合う洞人達。

ナルバントを中心に横一列に並んで座って、横に座る仲間達の顔を見て満面の笑みを浮かべて……そうやって32人の洞人達が地面から出てきた所でようやく打ち止めとなる。

打ち止めとなったのを見て、オーミュンがやってきて穴を両手で雑に塞いでから何か呪文のようなものを唱え始めて……そうやって穴と地下にあるという洞窟を塞いでいるのだろう、また地震のようなそうでないような、そんな気配が地面から伝わってくる。

そうしてオーミュンの呪文が終わって……サナトが新たなワイン樽を持ってきて、すっかりと宴会気分になってしまっている一同に、コホンと咳払いをした私が声をかける。

「はぁー……まさかこんな登場の仕方になるとは、驚かされたな。

まぁ、うん、どういう方法であれナルバントの仲間達が、領民になるためにわざわざ来てくれたんだ、歓迎するよ。

私はディアス、ここの領主だ。皆が良い暮らしが出来るよう、出来る限り頑張るつもりだから、皆からも力を貸してくれると助かる。よろしく頼むよ」

すると洞人達は一斉に私の方を見て、目を丸くして……、

『た、只人がいるぅぅぅ!!』

と、異口同音に地響きかと思うような声で張り上げるのだった。

王都、王城のリチャード王子のダンスホール――――老齢の騎士

その様子はまるで子供が遊んでいるかのようだった。

最西端の草原から少しずつ上下に広がり……王都を過ぎるとまた段々と狭くなり、最東端は元帝国領土。

全体として横に長い菱形のようになっているサンセリフェ王国の地図を少しずつ丁寧に赤色に塗っていって……王の直轄地となった領土全てを塗り終えたなら、普通のものよりかなり高価な赤色のインク壺の蓋をしっかりと閉じてから、絵筆を机に置いたリチャード王子が満足そうなため息を吐き出す。

ダンスホールと銘打っているものの、すっかりとここは執務室のような様子となっていて……いくつもの机が並び本棚が並び、巻物をしまうための巻物棚が並び……そんな中でひときわ豪華な机が暖炉の側に設置されていて……その机でリチャードはこれまで行ってきた改革の成果を、そんな風に地図に刻み込んでいた。

その地図は戦争で手に入れた帝国領土を反映させた最新のものとなっていて、紙も特別上等なも

のが使われていて……それに色を塗り込むなど、とんでもないことだったのだが、老齢の騎士は何も言わずに静かにリチャードのことを見守っている。

「相手が愚かすぎて予想以上に上手く事が進んだが、どんなことでも急ぎすぎれば反発を生む……一旦ここで止まるべきだろうな」

「はっ……」

今この場にいるのはリチャードと老齢の騎士の２人だけ、かしこまった態度を取る必要は無いと言えば無いのだが、それでも老齢の騎士はリチャードの言葉に短くそれだけを返し……慣れているのか、リチャードもそれを素直に受け入れる。

「ここで止まるなんてことを言いはしたが、これだけの領土を直轄地に出来たのだから、十分と言えば十分……これで貴族共が大きな顔をすることは出来なくなるだろうな。

……ん？　なんだ？　何かあるのか？」

更に言葉を続けて……続ける中で老齢の騎士の表情の微妙な変化を読み取ったのか、そんな問いを投げかけてきて……それを受けて老齢の騎士は少し悩んでから、頭の中に浮かんでいた疑問を言葉にする。

「直轄地が増えたこと、それ自体は喜ばしいことですが……これだけ広く、遠方にまで直轄地を得たとなると、管理の方が問題となるのでは？

官僚の育成も進んではいますが、使えるようになるのはまだまだ先のこと……直轄地の管理が疎かになれば王家の名誉が傷つくことはもちろん、貴族達に反撃の隙を与えてしまうことになるのでは……？」

「ああ、そのことか。

そのことならば問題ない、遠方のある程度の範囲は直轄地であり騎士団領でもあると、そういう扱いにする予定だ。

騎士団領の管理は現地に派遣した騎士団に行って貰う予定で……お前にもいくらかの領土を担当してもらうつもりだ」

するとリチャードはすぐに疑問に答えを返してくれて……その答えがさらなる疑問を生み出していく。

「……しかしそれでは貴族制と同じことになりませんか？」

「なるかもな、なるかもしれないから騎士団領及び騎士団での立場の世襲を禁止とする。

騎士団領を管理出来るのは実力ある者か忠義を示した者か、あるいはその両方か、その者一代のみとし、その子には騎士学校に試験なしで入学できるなど様々な特権を付与するが、それもまたその子世代までとし……一切の世襲は許さない。

もちろん実力や忠義を示した結果、父と同じ領地を任されるなんてことがあるかもしれないが……それはあくまで自らの力のみで勝ち取らなければならない」

「……なるほど、そういうことであれば納得ですが……次の疑問として騎士に領地の管理が出来るのか？　というものがありますが……？」

「騎士団と言ってもモンスター退治も無いとなれば、ただ訓練をしているくらいの暇な時間があるのだろう？

であるならばその時間全てを領地管理のための勉学にあててもらう。

官僚に全てを任せて、官僚が何をしているのか理解出来ない……なんてことになれば官僚による領地の独占や暴走を招きかねない。

専門家になれとまでは言わないが、ある程度の政務が出来るくらいに、官僚が何をしているのか理解出来るくらいにはなってもらわないとな。

……時代は進んでいるんだ、いつまでも古代の……建国王時代のやりかたのまま、なんてのは有り得ないことだ。

騎士団にも官僚にも変わってもらう。国を立て直すとなったら貴族だけを改革したらそれで終わり……という訳にはいかないということだ」

「なるほど……改革はまだまだこれからが本番という訳ですな」

「ああ、そうなる……。

そして一番近くのここ……王都からの指示でも運営できるだろう、この領地に関してはシルド……君に頼もうかと思っている。

君には幼い頃から世話になった……せめてもの礼だと思って欲しい。

「正式にそうなったなら君は騎士団領主のシルド卿とでも呼ばれることになるのだろうな」

その言葉を受けて老齢の騎士シルドは一瞬言葉に詰まる。

だが動揺することなく驚愕することなく、経験がそうさせるのか冷静さを崩すことなく小さな息だけ吐き出して、

「了解いたしました、過分なお取り計らい、心より感謝いたします」

との言葉を返す。

そんなシルドの姿を見やりながらリチャードは、こんな時くらい少しは感情を表に出してくれても良いだろうになぁとそんなことを思い……そうして静かに苦笑するのだった。


マーハティ領、西部の街メラーンガルの領主屋敷―――エルダン

「その提案を認めることは……絶対に出来ないであるの」

領内各地を巻き込んでの反乱騒動をどうにか鎮圧し……各地が落ち着きを取り戻し始め、そうして開催されることになった、反乱をどう防いでいくのか、同じ過ちを繰り返さないためにはどうしたらいいのかという議題を掲げた会議にて……ある提案を出されてエルダンはそう語気を強める。

「……しかし、ああいった連中を放置していた結果が、今回の反乱に繋がったことを思えばなんらかの対策が必要なのではないかと……」

そんなエルダンに対し、提案を出した獣人……毛皮で作ったローブをまとったイノシシ顔の中年男は提案を撤回することなく反論をし……あぐらに足を組んでどんと座り、脇息に肘を預けていたエルダンは語気を弱めることなく言葉を返していく。

「確かに我が領内には未だに、人間族至上主義とも言える連中がかなりの数、存在しているであるの。

だからといってただそれだけで、思想だけでその全てを処罰するなど論外で……余計な反乱を引き起こすきっかけとなりかねないであるの。

なんらかの対策が必要という点には同意するものの、処罰弾圧などは領主として断じて認められないであるの」

仮にそんなことをしてしまえば領内から反発があるのはもちろんのこと、他の領……たとえば隣領の領主であるディアスからも反発があるだろうし、他の近隣領主や下手をすれば王城からの反発まであるかもしれない。

あくまでエルダンはサンセリフェ王国の領主であり、この領土を王から預かった身であり……王国東部に多くの人間族至上主義の者達がいることを思えば、そんなことが出来ようはずがなかった。

「ではエルダン様は一体どのような対策をお考えなのですか？」

「まず反乱を起こした者、それに関わった者、これらは思想に関係なく厳しく処罰していくであるの。

そして同じ思想を持ちながらも反乱に与《くみ》することなくこの地で生き続けている者……思想に反しているだろう現状にじっと耐えている者には、あえてこちらから手を取り優しくする……つまりはいくらかの支援をしていくであるの。

今は僕達のことが憎いかもしれない、今すぐにその考え方を変えることは出来ないかもしれない……でもいずれはそう出来るかもしれない……であればその手助けをしてやるのが最上と考えるであるの。

皆には僕以上に人間族を憎む理由があり、想いがあり、そんなこと許せるかと思うかもしれない……けれどもいつまでも同じ地に暮らす隣人を、手を取り合うべき仲間を憎み続けていては、今回のように多くのものを失うことに繋がってしまうであるの。

グリン……もし君が言うように獣人の方が人間族よりも優れているというのであれば尚の事、優れている側が、力で勝っている側が一歩、譲歩してあげることが必要だと僕は思うであるの」

そう言われてグリンと呼ばれたイノシシの獣人は「ぐっ」とのうめき声を上げて言葉を飲み込む。

まだ反論出来る余地はある、反論のために準備していた言葉はある、だがしかし会議の場の空気が……他の面々の様子がそれを許さない。

カマロッツやジュウハといった人間族の側近はもちろんのこと、犬人族や獅子人族を始めとしたエルダンに絶対の忠義を誓う者……それらは当然としてグリンと同じように人間族を憎んでいた、過激派と呼ばれていた者達までがエルダンの言葉に流されていて、ここで下手にグリンが反論したならばそれら全てがグリンの敵に回りそうな空気を作り出している。

グリンとてエルダンが憎い訳ではない、エルダンに流れる人間族の血が憎い訳ではない。

エルダンには深く感謝しているし、尊敬もしているが……それはそれとして自分達を奴隷として扱ってきた人間族を許すことができない。

そんなことを考えてグリンが歯噛みをしていると……エルダンはそんなグリンの目を真っ直ぐに見やり、柔らかく微笑みながら一瞬だけ視線を西方……隣領メーアバダルの方へと向ける。

今回の反乱を鎮圧しようと真っ先に助けてくれたのは誰か？

その対価を求めず、そればかりか被害にあった地の特産品を積極的に買うなどして支援してくれているのは誰か？

他にも様々な部分で自分達を助けてくれているその誰かの種族は一体何族なのか？

優しい表情ながらもその視線は厳しく問いかけていて……そうしてグリンはエルダンの言葉を受け入れることにして、頭を垂れてから、

「エルダン様のお言葉に従わせていただきます」

と、そんな言葉を口にするのだった。

イルク村西側の草原で――ディアス

「いやぁ、確かに只人が力を借りてぇって言ってるとは聞いてたけどよぉ、まさか本当にいるとはなぁ」

「オレたちゃぁてっきり、酒に酔った族長が場を盛り上げるために適当なこと言ってるんだと思いこんじまっててなぁ」

「でもまぁ、こうして只人が生き残ってたのは良いことだぁなぁ、只人は弱っちぃからなぁ、病気とかですぐにいっちまうからなぁ」

洞人達がイルク村にやってきてから数日が経って……3人の洞人族がそんなことを言いながら元気に、掘棒のような道具を振るっている。

普通の掘棒よりも鉄を多く使っていて……先端が尖っていながら幅が広く、大きなスプーンのようになっていて、それでもってどんどんと地面を掘り返していく。

「ほーれほれ、喋ってばっかいるとぉ、メーア達に置いてかれちまうぞぉ、さっさと掘れ掘れ、まずは掘らんと何も始まらんぞぉ」

「なぁに、オレ達が本気だしゃぁ、駆ける馬にだって追いついてみせらぁなぁ」

「ワッシャッシャ、掘ったら踏み固めて砂利敷いてぇ、道作りは楽しいなぁ！」

更にそんなことを言いながら洞人族達はどんどん地面を掘り返していって……そんな洞人族の先には、総出で草を食べまくっているメーア達の姿がある。

洞人族達の道作りはまず地面を掘り返して、掘り返した地面をしっかり踏み固めて……踏み固めたなら砂利を隙間なく敷いて、砂利の上に切り出した石を置いて並べて……という方法で行われるらしい。

そんな風に地面を掘り返したなら当然そこの草は駄目になってしまう訳で……それをもったいないと思ったらしいメーア達が、洞人族達を先導する形で……小さな草一本逃さないといった勢いで草を食んでいて……その先頭には地図を睨み、上空のサーヒィと声をかけ合っているヒューバートの姿もある。

ヒューバートとサーヒィが地図通りにメーアを導き、メーアがそこの草を食べていって……草を食べつくされむき出しとなった地面を道標にして、洞人族が作業をしていって……そんな流れが上手い具合に出来上がって、道……になる予定の掘り返された地面は曲がることなく歪むことなくまっすぐ延び続けている。

その道はイルク村からまっすぐ西に、西側関所の予定地まで通ることになっていて……関所の予定地ではすでに、洞人族達による関所建設が始まっている。

32人のうち10人が南の荒野で石の切り出し、10人が関所で建設、6人が道作り、6人がナルバントの工房でナルバント達と共に関所建設や道作りに必要な道具作り。

男も女も関係なく総出で毎日のように働いていて……モントやジョー達も関所での作業を手伝っている。

東側の、森の関所の主はクラウスと決まった。

西側の、獣人国と接する関所の主はまだ誰とも決まっていない。

ジョーもロルカもリヤンも他の皆も、更にはモントまでも、関所の主という責任重大な役職には憧れのようなものがあるようで……そうやって働くことで自分こそが主に相応しいと懸命にアピールしているらしい。

アピールされる側としては、一体誰にしたら良いのだと困ってしまう話だが、しかしまぁ皆がそうやってやる気になってくれているのは、良いことなのだろう。

……と、そんなことを考えていると、

「ようぅっし、とりあえず石畳にする石の加工が終わったぞぉい」

「ディアス様よう、石畳の組み方は重要だからこっち来てしっかり見とけよう」

「ナルバント様から色んなこと教えるようにって仰せつかってるからなぁ、しっかり勉強してくれや」

と、そんな声が背後の、イルク村の方から響いてくる。

道作りを担当する6人のうち3人が地面を掘り返していて……もう3人は荒野から運ばれてきた石材を、なんだかよく分からない面白い形に加工している。

私はてっきり石畳の道というのは、薄い石板を並べて作るものとばかり思い込んでいたのだが、ナルバント達が言うにはそんな作り方ではまともな道にならず、すぐに石板が割れたりずれたりして使い物にならなくなってしまうんだそうで……立方体に近い形に加工した石を使うのが正解なんだそうだ。

壊れたりずれたりしない、私でも持ち上げるのに苦労しそうな大きさの立方体に近い石。

立方体に近いのだが立方体ではなく……基本は立方体ながらところどころ出っ張っていたり、へこんでいたり……面の部分に様々な細工がされていて、一体全体どうして、こんな訳の分からない形になっているんだろうか？

と、私がそんなことを、首を大きく傾げながら考えていると、そんな私のことを見た1人の洞人族がある面の中央が出っ張っている石材を持ち上げ、別の洞人族がある面の中央がへこんでいる石材を持ち上げ……そしてその二つの石材をゴスンッとぶつけ合う。

折角切り出し、加工した石材をなんだってそんな風にぶつけ合うんだと驚いていると……2人の洞人族達は、私のすぐ側までやってきて二つの石材ががっちりと組み合って、まるで一つの石材のようになっている様を見せつけてくる。

どうやら彼らが加工していた石材は全てがそんな風に、隣接する石材と組み合う作りになっているようで……私がそのことに驚くやら疑問に思うやらしていると、もう1人の洞人族が西の、関所予定地の方を指差しながら声を上げてくる。

「あっちの関所はよう、他国と繋がってるんだろ？　他国ってこたぁよう、もしかしたら将来、敵になるかもしれねぇ、攻めてくるかもしれねぇ相手って訳だ。

もっちろんオレらが作った関所はよう、どんな敵が来ても防いでくれるがよう、それでも関所を大回りして入り込まれるかもしれねぇ。

そうやって入り込んできた敵が、石畳の道を見て何を思うか知ってっか？

こりゃぁ良い石だ、投石機でぶっ飛ばすにゃぁ最適だって、そんなことを思うわけよ。

何十何百って石がこっちの拠点まで真っ直ぐに、ずぅっと転がってんだ、敵としちゃぁありがたいったらねぇだろうよ。

だからよう、敵に楽させねぇためによう、石材同士を組み合うようにして、掘り返しにくいようにしとくんだよ。

がっちり組み合って、隣の石同士がお互いを押さえ込むようにしてやって……ちょっとやそっとじゃ掘り返せねぇって訳だ。

石の隙間によう、鉄の工具なんかを突っ込んでよう、テコの原理で持ち上げようとしても、隣接する他の石達がそうはさせねぇって感じだな。

その分、石が割れたりして交換するって時には苦労する訳だが……そこら辺を楽にやる工夫とか道具はよう、オレらが知ってるからよう、つまりこれは敵だけを困らせるための工作って訳だぁなぁ」

「おぉ……！　なるほど！　それは凄いな！」

洞人族の説明を受けて、私がそう即答すると、３人の洞人族達は髭を揺らしながらニッコリと笑って……早速とばかりにその石材を、すでに踏み固め終わって隙間なく砂利が敷かれた地面にはめ込んでいく。

まずは真ん中に一つ、次に左右、そこからは決まった順番でもあるのか、それとも適当にやっているのか、右だったり左だったり、前だったり後ろだったり、グネグネとした線を描くかのような感じで作業を行っていって……そうして少しずつではあるが着実に石材が設置されていって、西側へと続く道が出来上がっていく。

……そんな洞人族達の道作りを、試しにと少し手伝ってみたのだが……いやはや、地面を掘るにしても石を運ぶにしても、とても大変で足腰にかなりの負担が来てしまう。

数歩分の道を掘るだけでも腰や膝が悲鳴を上げ始めてしまい……この作業を結構な距離のある関所予定地まで続けるなんてのは尋常のことではないだろう。

それなりに鍛えていて、こういった作業が苦手でもない私でそんな有様なのだから、洞人族達も相当に大変なのだろうと思った訳だが……目の前の洞人族達は呼吸を乱さず、顔色を変えず、まるで何でもないかのように、工具を振り回して、地面をザクザクと掘り進んでいく。

「ワッシャッシャ！　今日も仕事だ、ワッシャッシャ！」

「仕事がおわーれば酒がのめる！　仕事がおわれば酒がのめーる！」

「働きゃぁ働く程、酒がうんまくなるぞー！」

地面に腰を下ろして体を休めながら、そんな声を上げながら働く洞人族達を眺めていた私は……休まず水も飲まず、働き続ける洞人族達に声をかける。

「皆！　初日だからってあまり張り切りすぎないようにな！　疲れたらゆっくり休んでくれて良いし、水も必要なら井戸から汲んでくるから遠慮なく言ってくれよ？」

すると洞人族達は地面を掘り進めながらこちらをちらりと見て……そのうちの1人だけがこちらを振り返り、工具をとすんと地面に突き立ててから言葉を返してくる。

「あーあー、問題ねぇ問題ねぇ、オレら洞人はこんくらいじゃぁ疲れねぇんだ。

オレらは生まれつき、腕も足も腰もなんもかんも、肉の中の骨の形すらもこういった作業をしやすいようになってんだよ、だからこんな程度の仕事なんでもねぇんだ。

人間族に分かりやすく言うと……そうだな、この程度の作業は洞人族にとって、人間族で言う所の『歩き』と一緒って思ってくれりゃぁ良い。

お前らはちょっとやそっと歩いたくらいじゃ疲れねぇだろ？　そりゃぁ長距離歩けば違うんだろうが……村からここらまでのちょっとした距離じゃぁ疲れねぇだろ？

それと一緒だ。オレらを疲れさせようと思ったなら、この十倍百倍は仕事させねぇとなぁ。

まぁ、そんな作りの体のせいで、早くは走れねぇし、体が重すぎて泳いだりもできねぇし……良い所ばっかじゃぁねぇんだがよ」

「はぁー……洞人族は本当にすごいんだなぁ。

……まぁ、それでも全く疲れないというのなら適度に休憩を取るようにしてくれよ？」

洞人族の凄まじさというか、有能さというか、先程からずっと感心しきりだなぁと、そんなことを考えながら私がそう返すと、説明をしてくれた洞人族がニカッと笑って、他の２人も振り返って笑みを見せてきて、そうしてから作業を再開させていく。

工具を振るって振るって、その時の気分そのままの掛け声を上げ続けて……そうやって西に向かってズンズンと掘り進んでいく。

休むことなく緩むことなくズンズンと……そんな光景をしばらく眺め、疲れが取れたなら立ち上がり……私も、もう少しだけ手伝うかなと、そう考えていると、西の方から軽快な蹄の音が響いてきて……中々立派な体軀の馬に跨った、いつもと少し違う、派手めの刺繡がされたマントのようなものを肩にかけたゾルグが姿を見せる。

「おう、西の関所な、あの位置なら特に問題ねぇよ」

姿を見せるなりゾルグは、器用に手綱を操りながらそう声をかけてきて……私はそんなゾルグの下に駆け寄って言葉を返す。

「ああ、それなら良かったよ。あの位置は鬼人族との取り決めの範囲外だったからなぁ……問題無いなら何よりだ」

私の言葉を受けてゾルグは頷いて……馬の背からひょいと飛び降り、馬の腹を撫でたり足を撫でたりとし始める。

草原の西端……正式に獣人国との国境となった場所は、以前鬼人族と交わした領地を『半分こ』するという取り決めの範囲外にある。

範囲外なのだから私達の好きにしたら良いという意見も、主にアルナーから出たりもしたのだが……それでも一応、鬼人族の許可をもらった方が良いと考え、今朝方犬人族に鬼人族の村までそのことを伝えに行ってもらっていたのだった。

「あの辺りはもう草原じゃねぇっつうか……生えてる草の種類が違って、それがまた臭くて固くて食えたもんじゃねぇらしいんだよ。うちのメーアに確認してもらったから間違いねぇよ」

そんなことを言いながらゾルグは馬の世話を終えて……馬具を外してやって、そこら辺で草でも食べてこいと、背中を軽く撫でてやる。

「うちのメーア……？　アルナーの実家のメーアのことか？」

ゾルグの口から『うちのメーア』なんて言葉が出ることはとても珍しく、見慣れないマントと言い、何か変わったことでもあったのだろうか？　と、そんなことを考えながら問いかけると、ゾルグはどういう訳か照れくさそうな顔をして頬をかき、そうしてから言葉を返してくる。

「あー……まぁ、なんだ。

俺もな、家庭を持つことになったんだよ。

ちょっと前に結構な稼ぎを得られてな……その一部を結納品として相手の家に渡して……結婚式とかはまだなんだが、俺のユルトにも来てもらってな……。

この外套もその子に作ってもらったもので……そんでまぁ、メーアも結構な数増やしてな……そいつらと一緒に確認しにいったんだよ」

「おお！　それは良かったじゃないか！　おめでとう!!

結婚式はいつになるんだ？　日取りが決まったら教えてくれ、祝いの品を用意させてもらうからな！」

「あー……まだそこら辺はなんとも言えねぇ感じかな。

ま、細かいことが決まったら知らせるよ、ありがとな……。

で、関所に関しては族長も賛成してくれたし問題ないんだが……北の山に作るっていう鉱山の方はちょっと問題あるっつうか、族長が不安視してるみたいなんだよな。

鉱山ってこう……毒水が湧くもんなんだろ？　そこら辺はどうなんだ？」

「あー……その件に関しては私も不安だったんだが、話を聞いてみると問題ないらしい。洞人族はそういった毒も髭で浄化してしまうんだそうだ」

「……は？　はぁ？　髭ぇ!?

ディアスお前……それはいくらなんでもお前――」

私が嘘を言っているとでも思ったのかゾルグはそう言って……私はそう思うのも仕方ないことだと思いながら、ゾルグに洞人族がどんな種族であるかを説明し……私もその髭のお守りを常に身につけているんだとそう言って、ゾルグに見せてやる。

するとゾルグは私のお守りをじぃっと見つめた後、道を掘り進んでいる洞人族を見やり……そのまましばらく硬直してから、言葉を吐き出してくる。

「ひ、髭で浄化……解毒……。

と、とんでもねぇんだなぁ、洞人族ってのは……。

とんでもなさすぎて嘘を言うなと、そう言いたい所だが……お前が本気で信じているのと、それと目の前であんな働きっぷりを見せられたら、信じるしかねぇよなぁ」

と、そう言ってゾルグは額に浮かんでいた冷や汗を拭う。

そんなゾルグの視線を感じたのか、それとも私達の会話を聞いていたのか、洞人族の1人が振り返って大きな声を上げてくる。

「おーう！　オレらに任せてくれりゃなんでも作るし、掘るし、組み立ててやるぜ！　そのうちよ、オレらもそれぞれ族長のような立派な工房を構えるからよ！　そしたら食器から機織り機、攻城兵器までなんでも作ってやるからよ！　期待しててくれや!!」

その声を受けてゾルグは再び額に冷や汗を浮かばせて……こちらへと振り返り『あいつら、あんなこと言ってるけど放っておいて良いもんなのか？』と、そんなことを表情でもって語りかけてくる。

それに対してどう返したものかと悩んでいると、洞人族達はどんどん先へ先へと進んでいって……その背中を見送っていると、ゾルグが思い出したことでもあったとばかりに声をかけてくる。

「ああ、そういや、最近黒ギーが増えすぎてるようでなぁ、南の荒野なんかにも出没しているようだから、注意しておけよ」

「増えすぎて……？　いつの間にそんなことに……？」

私が首を傾げながらそう返すと、ゾルグは半目となって呆れの感情混じりの声を返してくる。

「いつの間にもなにも……そもそもの原因はお前だぞ、ディアス。

お前のおかげというか、お前のせいというか……お前がドラゴンをやってくる度に狩りまくったから、黒ギーの数が例年よりも減らなかったんだよ。

お前達も結構な数の黒ギーを狩っていたようだが、それでもドラゴンに比べればかわいいもんだからな」

「ドラゴンを……？」

確かに去年何体か狩ったが……ドラゴンを狩ると黒ギーの数に影響があるのか？」

「そりゃぁな、ドラゴンにしてみりゃぁあれだけの肉の塊、良い餌だろうさ。毎年必ずって訳じゃぁないが、それでも年に一回か二回かやってきて、そこら中の獣を食い散らかすのがドラゴンで……そうなったらもう、どれだけの黒ギーがやられることか」

「ふぅむ……？

そんな危険なドラゴンがこの草原にやってきたとして……そのドラゴンはそれからどうなるんだ？

誰かが倒さなければ黒ギーを食べ続け、いつかは黒ギーを滅ぼしてしまうのではないか？」

「そりゃぁ黒ギーだってただ食われる訳じゃぁなく、あの角でもって抵抗する訳で、それでやられちまうってこともあるだろうよ。

一頭二頭の頭突きなら大したことないかもしれないが、それが十、二十、百とかになったなら、流石のドラゴンでもそれなりのダメージがあるだろよ。

あとはあれだ、王国の方で討伐隊とか出して対処してるんじゃないか？　それか食えるだけ食って満腹になって巣に帰るってのもあるかもな。

俺達は基本的にドラゴンが来たら隠蔽魔法を使って、隠れながら村を移動させて、なるべくドラゴンには関わらないようにするからなぁ……。

それで草原が静かになったのを見計らって戻ってきて……ドラゴンはいつのまにかいなくなっていて……。

……やってきたドラゴンが最終的にどうなったか、なんてことまでは分からねぇかなぁ。

状況によっては戦うこともあるが……どう戦ったとしてもそれなりの被害が出ちまうもんだし、それは最後の手ってことになるな」

「ふぅむ……なるほど？

そんな理由で黒ギーが増えすぎて、荒野にまで行っている、と」

「ああ、南に行けば岩塩があると連中も知っているんだろうな。

その上、あそこにあった毒のナイフはお前が拾い上げてくれた訳で……黒ギーとしちゃぁありがたいばかりだろうな。

せっかく商売になりそうな岩塩鉱床が、連中の糞尿に汚されちゃぁたまったもんじゃないだろ？

だからまぁ、見回りをしたり柵を作ったり……塩を一切食うなってのも酷だから、質の悪そうな岩塩をそこらに投げてやって、鉱床以外に誘導するってのも悪くないかもな」

「ああ、それなら良いかもしれないな。

売れなそうなのは黒ギーが寄り付いても良い場所に置いてやって、後は柵の設置もしておこうか。

黒ギーなら柵くらい壊してしまうかもしれないが……それでも他に塩があればわざわざそこにはやってこないだろうしなぁ」

「ま、そういうことだな」

なんて会話をしていると、十分に休憩出来たのだろう、ゾルグの馬が軽快な足取りで戻ってくる。

戻ってくるなり頭を下げて鼻筋を撫でてくれとゾルグに要求し……馬が満足するまで撫でてやったゾルグは、馬に跨がり鬼人族の村へと戻っていく。

それを見送って私もイルク村へと戻り……工事を手伝うのは難しそうだから、村での仕事を何か手伝うかと、辺りを見回していると、村の中を行き来していた犬人族達が、ピンと耳を立てて遠くを見て、そちらから聞こえているらしい何かを聞き取り……そうしてから笑みを浮かべてソワソワとし始め……そのうちの1人が私に気付いて声をかけてくる。

「エリーさん達が帰ってきました！　皆さん無事です！　もう少ししたら村に到着します！」

「おお、そうか、無事なら何よりだ。

……それにしても皆、随分と嬉しそうだな？」

その犬人族に私がそう返すと、犬人族は「はい！」と、そう言って大きく頷いて、それからその理由を説明してくれる。

「岩塩です！　岩塩の売上です！　お仕事の報酬嬉しいです！」

「ああ、そう言えばそうだったなぁ、今回の行商はそれがメインだったか。

良い売上になっていると良いなぁ」

その説明にそう返した私は、なんとも嬉しそうにはしゃぐ犬人族達と共にイルク村の東端へと向かう。

それから少し待っていると、エリーと馬車と元気に跳ね回るセキ、サク、アオイと、護衛の犬人族達の姿も見えてきて……手を振りながらこちらへと近付いてくる。

「おかえり、皆が無事で何よりだよ」

それを迎えて私がそう声を上げると、エリー達はそれぞれに挨拶を返してくれて……挨拶を終えるとセキ、サク、アオイの３人は村の中へと駆け込んでいく。

そして自分達のユルトへと駆けていって……何か買い物でもしてきたのか、兄弟仲良く一緒に暮らしているユルトに、荷物を運び始める。

そんな様子を苦笑しながら眺めていたエリーは、こほんと咳払いをしてから『取引記録』と題名の書かれた紙束を取り出し……それを読み上げていく。

持っていった岩塩は全て売れた、売上はこのくらいになった。

いくらか持っていったメーア布も売れた、相変わらず好評。

と、そんな風に読み上げ終えると、こちらに視線を向けて更に言葉を続けてくる。

「――とまぁ、こんな感じに岩塩の売上は好調だったわよ。

隣領の商人だけでなく、他領から来ていた商人にも売って……味、質ともに好評。

そこまでの生産力は無いけれど、定期的に出荷出来るとの宣伝もやっておいたわ。

ついでに岩塩鉱床を含むかなりの広さの大地を領地にしたこと、それを王城に報告したことも広めておいたから……これで遠からず各地の塩不足も解消するんじゃないかしら」

「そんな各地に影響するような量は売ってないはずだろう？」

私がそう返すとエリーは、にこりと微笑んでから言葉を返してくる。

「量自体はそこまでじゃないけど、質の良い岩塩がこれからどんどん、尽きることなく出てくるとなったら、それだけで市場に影響するものなのよ。

今までもいくらかの岩塩をギルドに売ったりはしてたけど、今回のはそれと違って大々的に、宣伝込みで売った訳で……そうなるともう反響というか影響が段違いになるわね。

塩を買い集めて、倉庫に溜め込んで高値で売りつけようとしていた商人達の目論見は破綻する訳で、溜め込んでいた塩を一刻も早く吐き出さないと、赤字になってしまう可能性まであるの。

そもそも今回塩の需要が高騰していたのは、何十年に一度っていうレベルの豊漁がきっかけな訳で、日々の生活に使う分の塩は国内の生産地で十分に賄えているのよ。

そんな状態で倉庫に溜め込んで、質が落ちた塩なんて一体誰が買うのやら……。

溜め込んだ塩を吐き出させるための嘘なんじゃって疑う人もいたけども、何しろ今回の岩塩確保の旗振りは公爵であるお父様な訳で……王城にまで報告の手紙が行ったとなればもう疑っている場合じゃないって訳ねぇ。

荒野の地図なんかもそろそろ王城に届くはずだし、王都付近からもその手の噂が上がり始めて、一気に広がるんじゃないかしら。

そうなったら豊漁の魚もどんどん塩漬けにされて、各地の食卓に上がるようになって……そのうち、ここにも届くことがあるかもよ？

塩ニシンに塩タラ……ここら辺ではあまり食べないものだから、皆も喜んでくれるんじゃないかしら？」

「ああ、塩ニシンか……戦地でも飽きる程食べたな。

塩タラはあまり食べられなかったが……スープや蒸し焼きが美味しいんだったか、楽しみだな」

エリーの説明を受けて私がそんな感じの、短い返事を返すとエリーは半目になってくるが……いや、うん、話が理解出来ていない訳ではないんだ。

大体は理解できたんだが……それよりも最近魚を食べていなかったなぁと、そちらの方が気になってしまっただけなんだ。

……と、そんな風に魚のことを考えていると私の腹がぐぅっと鳴って……売上のことが気になるのか、周囲で私達の様子を見守っていた犬人族達は、魚とはそこまで……私が腹を鳴らす程に美味しいものなのかと驚き、今から楽しみだと、そんな話題で盛り上がり始めるのだった。

過日、マーハティ領　西部の街メラーンガルの市場で――――エリー

「なんとメーアバダル公が新たな領地を手に入れたのよ！　その領地は岩塩が山のように積み重なる塩の大地で、たったの一日でこれだけの岩塩が採掘されたというのだから驚きね！　メーアバダル公は市場での値崩れを懸念しているため、一度に大量の採掘をすることは避けているみたいだけど……それでも定期的に、一定量を売ることで、領地の開発資金を獲得しようとしているとのことよ!!」

マーハティ領の市場に到着し、荷車の上の木箱を下ろし……いくつかの荷箱を積み重ねることで売り場を作り、そうしてからそんな声を張り上げる。

そんな風に市場に来たばかりのエリーが突然始めた……宣伝なのか商売なのか、よく分からない行動を受けて、市場にいた何人かの商人達がざわめき始める。

ざわめき戸惑う商人達の多くが領外からやってきた行商人達となるが、マーハティ領の商人達も驚きの表情を浮かべていて……それを見たエリーは心中でほくそ笑む。

エリーはこれまで何度か岩塩をマーハティ領へと持ってきていて、それらをギルドに卸していた。

その量は少量で、こんな風に宣伝もしておらず、あくまで身内向けの取引といった様子だったの

だが……それでも目敏い商人達はその動きに気付いていて、メーアバダル領では少量の、ほんのわずかな岩塩が取れるのだなと……身内に売る程度しかない量が取れるのだなと、そんな評価を下していた。

ところが今の言葉を信じるならば、その評価は全くの間違いで、産地にはかなりの量の岩塩があるそうで……そんな馬鹿なと、そんな嘘を言うなと否定しようにも、産地が彼らも知らない『新領地』だというのだから手に負えない。

ディアスが新たな領地を得たことに関しては、エルダンやその周囲の者達は既に連絡を受けており知っていることだったが、末端の商人にまでは広まっておらず……彼らはそれに関する情報を全くと言って良い程に得られていない。

その上、エリーは公爵の御用商人であると名乗っていて、御用商人が公爵の名を使ってまで嘘を広めることはないだろうという点もまた、エリーの言葉が真実であると、そんな後押しをしている。

実際にはその言葉の中には、これだけの量が『一日で採掘された』という嘘が混ざっていたのだが、それを見破る術は無く……そうして口をつぐむしか無い商人達は自分の店や倉庫、それらがある他領へと向かって大慌てで駆け出し……駆け出すことなく市場に残った商人は岩塩の質を確かめるためにと売り場に近付き、それらの商人の下へとセキ、サク、アオイの３人が駆け寄って、陶器の皿に載せた岩塩の欠片を、

「味見をどうぞ」

「運送中に出た破片なのでこちらは無料です」

「質が良いし、混ぜものもないので美味しいですよ」

なんてことを言いながら差し出す。

それらを受けて商人達は素直に味見をし、その質の良さに驚き……いくつかを質を確かめるための見本として購入し、これからどう動くべきかと頭を悩ませながらゆっくりと市場を後にする。

それから市場に来ていたマーハティ領民達が、手に入りにくかった塩がこんなにあるのかと驚きながら購入し始めて……それなりの大きさの木箱いっぱいに用意した岩塩はあっという間に売り切れてしまう。

それらを売る間もエリーは、この岩塩の産地がメーアバダル公の新領地であること、これからも定期的に売りに来ることなどを宣伝し続け……そうしてメーアバダル産の岩塩はメーアバダル岩塩、あるいはメーア岩塩として知られることとなり……その情報は王国西端から東へと向かって一気に広がっていくことになる。

商人達が大慌てで駆けて、少しでも早く、多少の値下げをしても良いから溜め込んだ塩を吐き出せと、なんとか売り切れと大騒ぎし……何頭もの早馬を使いでもしたのか、その速度は驚くほどに凄まじく……。

そうなることを予測していたエリーは当然のように、市場に向かう前にギルドのマーハティ領支部へと顔を出しており、これからそれらの情報を広めるからとの連絡をしており……それからギルドの早馬が走って、ギルドの仲間達に情報が広まるための時間……数日間待ってから、市場での騒ぎを起こしていて……ギルドはそのおかげでこの騒動の中でも損をすることは一切無く、むしろいくらかの利益を得ることに成功していた。

その数日間の中でエリーは、エルダンにも同様の連絡をしていて、そのおかげかエルダンと御用商人が今回の件で損するようなことは無かった。

また王国東部にある王都の商人達の一部も、同じように損をせずに、上手く溜め込んだ塩を売り抜けることで、いくらかの利益を得ていた。

そんな王都の商人達の情報源は王城で……ディアスが送った報告の手紙と地図、それらがようやくと言うべきか、商人達よりも早くと言うべきか、無事に王都の王城に届いて、それらから新領地と岩塩……それと瀝青《れきせい》なんかが手に入ることが明らかになり、王城との繋がりが深いために、その情報をいち早く獲得出来た商人達だけが損せず得をしたという訳だ。

そうやって一部の商人達が喜びに沸く中……ディアスからの手紙を受け取った王もまた喜びに満ちあふれていて……初夏の式典のために王都に集まった、王子王女達を前にしても、それは変わることはなかった。

何日後か何十日後かの王都、王城、謁見の間で――

何枚もの王国旗がはためき、壁、柱、窓枠、天井、などなど、その部屋中に金銀を使った精緻な細工がされていて、立派で豪華絢爛という言葉がよく似合う玉座の前には、王子王女のための小さな椅子が用意されていて……。

第一王子リチャードは最も玉座に近い位置――玉座を前に見て右側に置かれた椅子に腰掛け、第一王女イザベルは玉座から少し離れた位置――玉座を前に見て左側に置かれた椅子に腰掛け、第二王女ヘレナは、玉座から最も離れた位置――イザベルと同じく左側に置かれた椅子に腰掛けていて……そんな子供達に向かって、整えられた立派な白髭を揺らす王は、西方での出来事を聞き知ったことによる嬉しさからなのか、先程から何度も何度も同じような話を繰り返し続けていた。

「かの南海に接する港町は余の直轄地、そこが困っていると見て即座にこの心配り、忠臣とはまさにこのことかと、痛感するばかりだ……なぁ？

あの草原を見事に拓き、それだけでなく新たな領地を得て……それだけでも十分だろうに、この忠義……救国の英雄という言葉すら霞むではないか……そう思わんか？」

王族である以上、お互いに普通の親子ではいられないと理解している。今までの様々な事柄のせいでお互いの間には相応の溝が出来てしまっている……継承権のことで兄妹間の溝も大きくなっている。

そんな中で王は、子供達の言葉や反応を期待しているのか、そんな風に声をかけ続け……リチャードもイザベルもヘレナも「そうですか」「なるほど」「良かったですね」と、適当かつ穏当な言葉だけを返していく。

……それは後方に控えている臣下達から見れば思わずため息を吐き出したくなるような光景だったのだが、王はそんな中でも子供達の微妙な変化を、しっかりと読み取っていた。

リチャードは喜び半分、呆れ半分といった様子だ。

恐らくリチャード自身も、市場の流れを見て塩に手を出していたのだろう……その機をまさかの方向から潰されて呆れる反面、国内に起きていたちょっとした混乱が解決したこと、顔見知りが活躍したこと、将来自分が継ぐであろう領土が広がったことを、素直に喜んでいる様子だ。

イザベルは冷静に鉄面皮を作り上げようとしているが、笑いが堪えられないという様子で肩を震わせていて、ここが謁見の間でなければすぐにでも笑い出し、その胸中にある言葉を凄まじい声量でもって吐き出していたことだろう。

父親である王から見てイザベルが何を思っているかは分からなかったが……それでも彼女の中に尋常ではない感情があることが読み取れる。

ヘレナは少しそわそわとした様子ではあるが、他2人よりも冷静さを装うことに成功していて……だがその瞳は露骨なまでにきらきらと輝いてしまっている。

憧れか感動か……王にとって一番気難しく見えて、何を考えているのか理解が出来なくて、少し変な所があると思っていた彼女の、そんな素直な反応は少し意外にも思えるものだった。

そうした3人の反応をゆっくり眺めた王は、満足そうに微笑み何度も何度も頷き……そうしてもう一度先程の話と似た内容の話を繰り返してから……突然口元を引き締め、声色を硬くし、3人を叱っているのかと思うような様子で言葉を口にする。

「……ところで、そんな忠臣に最近、あれこれと余計な真似をしようとしている者達がいるとの噂を耳にした。

手の者を送るのも使者を送るのも、それだけで悪事と言うつもりは無いが……かの忠臣の足を引っ張る者がもし仮に居たとしたら、いかに慈悲深い余であっても許すことは出来ないだろう。

特に王位を得るために焦ってそんなことをするなどというのは、王位が一体どんなものであるのかということを見失っているに等しい愚行である。

リチャード、イザベル、ヘレナ……この余の言葉、ゆめゆめ忘れぬように」

そんな突然の言葉を受けて表情と体を緊張させたリチャード達は、頭の中であれこれと思考を巡らせながらほぼ同時に『はい』とだけ言葉を返す。

それを受けて微笑み、大きく頷いた王は……手を軽く上げ、控えていた者に小さなトレイに載った石のような何か……岩塩を持ってこさせ、それをリチャード達に見せつける。

「これは余が懇意にしている商人から買い上げた岩塩で……先程話してやったメーアバダル領のも

のだ。

今宵の晩餐で使うことになっているからな……お前達もこの国を救わんと吹き続ける西の風の味を堪能していくと良い」

見せつけそう言ってから王は……上げていた手を大きく払い、リチャード達に退室を促す。

それを受けてリチャード達は静かに立ち上がり……儀礼的な一礼の後、もはや取り繕うことも出来ないのか、それぞれ複雑そうな表情をしながら、謁見の間を後にするのだった。

王城の自室で――サンセリフェ国王

王子王女との晩餐会を終えて、謁見の間に負けず劣らず豪華に飾られた自室へと戻り……身の回りの世話をしてくれる者達を下がらせてから王は、ベッド側の椅子へと手を伸ばす。

その椅子の上には刺繍がされているだけでなく宝石がちりばめられた、部屋以上に豪華な作りの本があり……それを手に取った王は、表紙を開き……開いた表紙をひねりカチリと音をさせる。

すると表紙が割れて、分離して……そういう仕掛けが施されていたらしい表紙の中から一枚の紙がするりと滑り出てくる。

それを手に取った王は、本を放り出してからその紙をゆっくりと広げ、ベッドの上に置いてから、もう一枚似たような紙をポケットから取り出し……広げた紙の左下隅へと貼り付ける。

その紙は地図を切り取ったものだった。

隣国である獣人国や帝国や、北方の山脈なども描かれていただろう大きな地図から、王国領土の部分だけを切り取ったものだった。

そんな風に切り取った結果、歪な菱形のような領土そのままの形となっていて、現実的にというよりも絵画的に、どこかの画家が描いたようなものとなっていて……去年王国領土となった元帝国領土の部分にも真新しい紙が貼り付けられている。

そんな地図の王都の辺りに指を置いた王は、その指を下へとそっと滑らせていって……王都の南にある南海と呼ばれる海まで滑らせてそこをトントンと叩く。

次にメーアバダル草原と、元あった文字を塗りつぶした上で、新しく書かれた文字の辺りへと指を置き……またも下へと滑らせていって、貼り付けたばかりの荒野の地図の上を滑らせていって……更にその下、紙が途切れて何も無いベッドの上をトントンと叩く。

そうしてから指を右へ……地図的には東へと滑らせていくとそこには南海の地図があり、それを見た王は口角を上げて笑みを浮かべ、ぼそりと自分にしか聞こえないような声を漏らす。

「恐らく荒野の南には海がある……南海の位置から見てもそれは明らかだ。

荒野南の海が領土となったら……王国の東と西が海運で繋がることになる。

そうなったら物資や兵士を簡単に運べるだけでなく……陸路の数倍、数十倍も速い移動が可能になる……。

「もう残された時間は少ないだろうからなぁ……早いうちに船を用意しておかないとなぁ……」

そんなことを口にしてから満足げに頷いた王は……その地図をしばらくの間眺め続けてから、そっと畳み……放り出した本を拾い上げてから、表紙の中にすっと押し込み……カチリと音を立てながら割れた表紙を元通りに戻し、その本をそっと椅子の上に置くのだった。

広場で六つ子達の様子を眺めながら――――ディアス

エリー達が行商から戻ってきてから十日程が過ぎて……ここ最近は特に何も無い平和な日々となっている。

何処かから誰かがやってくることもなく、地面から人が生えてくることもなく、それぞれがそれぞれの仕事に集中できていて、それぞれの仕事が順調に前に進んでいて。

段々と気温が高くなっていって、風が強くなっていって雨の日が減って、そろそろ春が終わるのかな？　と、そんなことを思うような天気が続いて……そんな日々を一番謳歌しているのは、メーアの六つ子達だろう。

初めて感じる暖かさ、晴れ続きの空、好物である草はぐんぐんと伸びて、駆けたら駆けただけ食べることが出来て……ちょっとした虫や小動物を草原で見かけるようになって、それらとの出会いを驚きと好奇心と喜びの心でもって楽しんで。

体も少しずつ大きくなって、言葉も覚え始めて……自立心が出始めたのか、フランシスやフランソワ、兄弟達から離れて行動することも多くなって……個性のようなものが芽生え始めて。

駆けるのが好きな子、寝るのが好きな子、食べるのが好きな子、他の生き物……犬人族や馬、ガチョウのことが好きな子、マヤ婆さん達のことが好きな子……自分のことが何よりも好きな子。

もう少し経つと六つ子達と一括りに呼べなくなるのかもなぁと、そんなことを思うくらいに、六つ子達はそれぞれの道を歩み始めていて……そんな中で女の子のフラニアはなんとも独特な性格になりつつあった。

六つ子達はまだ自分達が何者なのか、よく分かっていない様子だ。

メーア毛糸やメーア布のことを知ってはいるけども、まだそれが自分達の仕事というか自分達の生産物という認識をしっかりとはしていないようで……自分達の毛皮を極力汚さないように日々の生活を送る大人のメーア達とは全く違って、土の中を平気で転げ回るし、草原の草の切れ端や木片、時には虫なんかをその毛に絡ませても平気な顔をしているし……時には皆が驚くのが面白いからと、わざとそういったゴミを毛に絡ませてくることもある。

そんな中でフラニアは絶対にそういうことはせず、自らの真っ白い毛を綺麗な状態に保つことを強く意識していて、水浴びを他の子よりもよくするし、少しでもゴミが毛に絡まったら取ってくれと駆け寄ってくるし……それだけでなく蹄なんかも綺麗にしようとしていて、アルナーを始めとした女性陣に、磨いてくれとせがんでいる様子をよく見かける。

それらの行為はメーア布がどうだとか綺麗好きだからとか、そういった理由でしている訳ではなく……フラニアはなんというか、自分が可愛いのだと自覚しているというか、可愛くて皆に愛される特別な存在なんだと、そんな自負を持っているらしく……可愛さを維持するために、より可愛い存在となるために、一生懸命になってそんなことをしているらしい。

そういった努力の他にもフラニアは、皆に可愛いと言ってもらえるポーズの研究なんかもしているようで……今もフラニアは、広場で荷物の整理をしていた私に向かって、一生懸命に可愛いアピールをしてきている。

箱を見つけたなら、そこにこてんと顎を乗せて『どう可愛いでしょ？』と言わんばかりの表情をしてみたり……それで私が反応をしないと、片目だけをつぶったり、目をぱちくりとさせたりして、私に反応を促したり。

可愛らしい尻尾をぴょこぴょこと動かしたり、四本足で上手くステップを刻んでダンスのようなことをしてみたり……。

まだまだ生まれたばかりで、普通にしていても可愛い盛りで。

皆に当たり前のように可愛い可愛いと言われて、真っ先にその言葉の意味を覚えて……そうして更に可愛い存在になろうとしているらしいフラニアは、懸命にその可愛さをアピールしてくる。

「うん、フラニアは今日も可愛いなぁ」

そんなフラニアに根負けした私が、そう言いながら頭を撫でてやると、フラニアはもっと撫でてもっと撫でてと、その頭を私の手の平へと押し付けてきて……その目を細めての満面の笑みを浮かべる。

そうやって自然に笑っている姿が一番可愛いと思ったりもするのだが……これをフラニアに伝えてしまうと、変に意識して笑うようになってしまいそうなので、あえて言わずにただ頭を撫で続けてやって……私達がそうしている所に、騒がしい足音が響いてくる。

「ディアス様ー！　ディアス様ー!!」

続いてそんな声が……犬人族のものと思われる声が響いてきて、何事だろうかと私が撫でる手を止めると……瞬間フラニアが物凄い顔をする。

悔しげというか邪魔しやがってと思っていそうというか、歯噛みし、鼻筋に皺を寄せて……、

「ミァンッ」

と、吐き捨てるかのように、短い鳴き声を上げる。

そんなフラニアの態度に苦笑した私は、その頭をもう一度ちょいちょいと撫でてやって、そんな顔をすることないだろうと宥めてから、一体何があったのやらと、犬人族の声のした方へと視線を向ける。

大声を上げた犬人族……シェップ氏族の若者は、私の方へと一直線に四足で駆けてきて、そうしてフラニアの不機嫌そうな表情を見て、驚いてしまったのか怯んでしまったのか、駆ける勢いをさっと殺して足を止める。

足を止めてフラニアのことを目を見開きながら見やり、そんな若者の態度を受けてフラニアは、しょうがないなぁという感じで笑みを作り上げる。

すると若者は余計に驚いて、おっかなびっくりといった様子でこちらに近付いてきて……そうしてから二足で立ち上がり森の方を指差し、元気な声を張り上げる。

「あっち……じゃないや、森の方から遠吠え連絡で、お客さんが来たそうです！」

次に反対側の、西側関所のある方を指差し言葉を続ける。

「そしてこっち……じゃなくて、お隣の国からもお客さんが来たみたいです！

両方から遠吠えが聞こえてきてます！」

「んん……そうか、分かりやすい報告ありがとう。

遠吠え連絡でその両方に、どんな客が来たのか質問することは出来るか？」

そんな若者の報告を受けて私がそう返すと、若者は地面に両手をついてぐっと顎を突き出して……、

「わおーーーーーん！」

と、周囲一体に響き渡る声量での遠吠えを喉の奥から振り絞る。

するとすぐに返事が来たようで……私には聞こえないが若者には聞こえているようで、耳をピクピクと動かした若者は、立ち上がってから居住まいを正し、今度は西側関所の方を指さして報告をし始める。

「こっちの関所の方はいつもの商人さんみたいです、なんかこう……お金のお話があるみたいです。

あっちの森の方はエルダン様のお使いが来たみたいで、えぇっと多分、大事な話があるみたいで

す。

なんか両方……ディアス様に来て欲しいって言ってるみたいです」

商人はペイジンで、お使いはカマロッツだろうか？　そうすると……両方に向かうなんてのはどうしたって無理なので、ペイジンに関してはエリー達に任せることにして、私はカマロッツ達の方に向かう方が良いのだろうか？

なんてことを考えた私は改めて若者に礼を言って、その頭を軽く撫でてやってから、遠吠えを聞きつけてやってきたエリーやエイマに、東西両方から客人が来たことを報告する。

するとエリーがペイジンの相手は任せて欲しいと胸を叩き……そんなエリーに礼を言ってから、エイマに懐に入ってもらい……厩舎へと向かい、ベイヤースに跨って森へと向かう。

そうやって私が駆けていると、完成しつつある隣領からの道や、道脇の休憩所、迎賓館の辺りにいた犬人族達が、私とベイヤースを見つけるなり、何とも楽しそうな表情で一緒になって駆け始めて……ある程度の距離を駆けると疲れたのか、それとも持ち場を離れる訳にはいかないと思っているのか、駆けるのをやめて尻尾を振り回しながら私達のことを見送って……そうかと思ったらまた別の犬人族が一緒になって駆け始める。

道があり休憩所があり……それらのおかげで皆の活動範囲が広がって、広がったことでそんな遊びというか、追いかけっこというか、そんなことが行えるようになって……この草原も少しずつだが変わってきたのだなぁと、今更ながらの実感が湧いてくる。

しっかりと道が出来上がって人の行き来が活発化してきたなら、この草原に来たばかりの時のように、どこを探しても人の気配がしないなんてことはもう起こらない訳で……ただただ広くて何も無かったあの草原の光景も、いつしか思い出せなくなるのかもしれない。

そんなことを考えながら駆けていって……森に入ると関所勤めのマスティ氏族達が先導する形で私達の前を駆けてくれて……そんな皆と一緒に関所に到着したならベイヤースに礼を言い、その首や顔を撫でて労い……マスティ氏族に世話を頼んでから、クラウスがいるらしい関所の向こうへと向かう。

関所の扉は大きく開かれていて、その向こうから何人かの会話が聞こえてきていて……足を進めると随分と大きな馬車の姿が見えてきて……見慣れないその馬車と声の感じからどうやら来客はカマロッツではないようで……では一体誰が来たのだろうか？　と、訝しがっていると、立派なたてがみを揺らす見たことのある顔……獅子人族のスーリオの姿が視界に入り込む。

「んん？　スーリオじゃないか、元気そうで何よりだが……わざわざこんな大きな馬車で来るだなんて、一体全体何事だ？」

スーリオと応対をしてくれていたらしいクラウスの下へと近寄りながら私がそう声をかけると、スーリオは恭しい態度での一礼をしてから、しっかりと胸を張りながら言葉を返してくる。

「はっ、この度はエルダン様とネハ様の代理として足を運ばせていただきました。

用件といたしましては、先日の件の礼と……ネハ様の『お願い』をお伝えするため、となります。

メーアバダル公、ご多忙のこととは思いますが、お時間をいただけないでしょうか」

「ああ、もちろん構わないが……先日の件というと、あの反乱騒ぎのことか？」

私がそう言葉を返すとスーリオは頷いて、馬車の周囲にいた2人の若者……スーリオよりも華奢な体格の獅子人族へと指示を出し……それを受けて若者達は馬車の荷台から木箱や樽や麻袋、豪華な飾りのついたいかにも高価そうなものの入った小箱などを取り出し、私達の前へと並べていき……それを見て頷いたスーリオが、それらに関しての説明をし始める。

「これらは以前我が領内で騒ぎが起きた際に、ご助力頂いたことに対する感謝を示す品々となります。

半分はエルダン様から、半分はネハ様から……主に食料や酒が中心となっていますが、ネハ様からの品は、アルナー様を始めとしたご家族様に似合うだろうとネハ様が選び、用意した服や装飾品となっています。

またエルダン様、ジュウハ様からの書状も預かっていますので、お時間ある時にご確認ください。

……それと、ネハ様からの伝言を預かっておりますのでそちらを――」

と、そう言って一旦言葉を区切ったスーリオは、咳払いをしてからネハからの伝言とやらを説明し始める。

まず先日の件の礼、そして今回送った品は礼でもあり、ネハのわがままを聞いて欲しいという願いの品でもあり……そのお願いというのは、なんとも驚いたことに、スーリオとその部下というか友人というか、今回同行した獅子人族の若者2人を、こちらで預かって欲しいということだった。

一体全体なんだってそんなことになったのかと言えば……それは隣領で起こった反乱に原因があるらしい。

獣人への差別意識が強い人間族達が反乱を起こした。

鎮圧が早かったため被害自体は軽微だったが、それでも被害が出ていて……人間族への反感が強まっている。

エルダンの部下や、エルダンの善政に感謝する者達など大多数は、以前のように……いや、反乱があったからこそ以前よりも一層、人間族と獣人族の融和を進めるべきだという態度を取っているが……反感を抱く者の数は少ないとは言えず、無視できないものとなっている。

中には過激なことを言う者達もおり、エルダンはその対応に苦慮していて……ネハはそんな状況を解決する鍵は、人間族でありながら反乱鎮圧に尽力した私達にあると考えているらしい。

人間族が率いる、人間族の部隊が反乱鎮圧に動いて……見返りを求めることなく、戦利品のほとんどを被害にあった人々に返してくれた。

このことはきっといつか、何らかのタイミングで活きてくるはずで……今すぐにどうこう出来るとか、良い考えがあるとかではないのだが、それでも今のうちに打てる手を打っておきたいと、そうネハは考えているらしい。

まずはスーリオ達を感謝と親善の使者として送り……スーリオ達にここでの暮らしを経験させる

ことで相互理解を深める。

そして出来ればクラウスとカニスのような、婚姻関係という固い絆を……もっともっと、可能な限り多く結んでいきたいと思っていて、今後どこかのタイミングでそのためのお見合い会のような機会を設けたい。

それとスーリオ達という手駒を領外に置いておくことで『いざという時』に備えたいという想いもあるようだ。

隣領の領主である私が介入しにくい……してはいけないことでも『スーリオとその友人』という形でなら可能になることもあるとかで……生活にかかる品や食費などはネハが用意するから、どうか受け入れて欲しい……とのことだ。

そんなネハの言葉を伝え終えるとスーリオは、懐から銀貨か金貨か……結構な額が入っているらしい革袋を取り出し……これが食費ということなのか、私の方へと差し出してくる。

それを受けて私は懐のエイマと、側に立つクラウスに視線をやって……2人が受け入れるべきだろうと頷いているのを確認してから、

「歓迎するからゆっくりしていくと良い」

と、そう言ってその革袋をしっかりと受け取るのだった。

「それで、あの2人の若者達は何て名前の、どういう立場の者達なんだ？」

スーリオ達を歓迎することが決まり、細かい話は移動しながらしようということになり……そういう訳で関所を通過し、ベイヤースの背に乗って馬車と並ぶ形でイルク村までの森の中の道をゆったりと進んでいる途中、私がそう声をかけると御者台のスーリオが荷台にいる2人の方をちらりと見てから、言葉を返してくる。

「リオードとクレヴェ……一応は俺の部下という形になります。

……2人の両親はそれぞれ、かなりの武功を上げている立派な武人だというのに、あの反乱騒ぎでは全く武功を上げることが出来ず、武力や戦功によって立場が決まる獅子人族の中ではかなり下の立場となってしまっています。

今回2人が同行することになったのは、ネハ様が2人の未来を案じたのと、2人が居心地の悪い獅子人族の集落を出たがっていたのと……ディアス様に2人を鍛え直して欲しいという、それぞれの両親たっての希望があってのことなのです。

救国の英雄で、あっさり俺のことを下し、反乱騒ぎでは指揮官としても優秀なところを見せてくださったディアス様の下であれば、あるいは良い結果になるのではないかと……一同がそう考えたという訳です」

「武力と戦功で立場が……？

そうすると……戦いが苦手な者達はどうするんだ？　獅子人族は確かに立派な体をしていて、爪も牙も驚く程に鋭いが……どうしたって体付きとか性格が戦いに向いていない者達が生まれてくるものだろう？」

「どう……と、言われましても、どうもしません、としか……。

戦功を上げなければずっと低い立場のまま、次々と現れてくる若者達に追い抜かれ置いていかれて……それが嫌ならば発奮し己を鍛え、戦功を上げるしかありません」

「ふぅむ……他の仕事で活躍するとかは駄目なのか？　たとえば……畑作とか、武具作りとか、物資の売買や輸送とか……そういったことも戦いには必要なものだろう？

武功を上げる機会の無い平和な時はどうするのだという問題もあるだろうしなぁ……」

「そういったことは、そういったことが得意な種族に任せれば良いのですよ。

我々獅子人族は戦いや狩りに向いた体をしており、性格もまた好戦的……我々を作り上げた神々がそう望まれたのですから、全身全霊で応えるのが筋というものでしょう。

人間族のディアス様には分かりにくいことかもしれませんが……そうですな、たとえて言うのなら、足を持って生まれたのに歩かない、手を持って生まれたのに何も持たないということを人間族はしないでしょう？　それと同じで戦うことをしない獅子人族は存在しないのです。

……平時は平時で盗賊なりを討伐したら良い話ですからな」

あっさりと一切の躊躇もなく、それがさも当然のことのようにそんなことを言い放つスーリオ。

スーリオとしては全く悪気が無いようで……そうした考えに何の疑問も無いようで、私はそんなスーリオに対し、何と言ったら良いのか迷ってしまう。

その考えは間違っているのではないか？　と他種族の私が言うのは何か違う気がするし、かといって戦いを苦手とする者達にそういった生き方を強制するのは酷のようにも思えるし……。

先程ちらりと見ただけだが、リオードとクレヴェはとても華奢でおどおどとしていて……周囲を警戒している犬人族の動きや気配にさえ驚いてしまっているような有様で……そんな２人に戦場に出ろと言うのはなぁ……。

その体を鍛えることや、身を守る術を教えること自体は難しくないだろうが……戦場で命のやり取りをさせるとなると……良くない結果に繋がってしまいそうだ。

……何と言ったら良いものなのか……２人のためにどうしてやるのが一番なのか。

なんともモヤモヤする気分でそんなことを考えていると、森を抜けて風で草が揺れる草原の光景が見えてきて……それを見てスーリオが声を上げる。

「おお……！　これが草原ですか！　これはまた駆け回りたくなると言いますか、心躍る光景ですな！」

そんな声を聞きつけてか２人の若者、リオードとクレヴェも馬車の窓から顔を出し……その目をキラキラと輝かせ始める。

「うぉー……マーハティとは全然違うなぁ」

「草原ってこんななのかぁー」

更にはそんなことを言い始めて……どうやら獅子人族にとって何かこみ上げてくるものがあるらしい草原の光景を、目を輝かせるだけでなく耳をピンと立てて、身を乗り出して……全身でもって楽しみ始める。

それを見て私はそんな風に楽しんでいるところに、あれこれ小難しい話をするのも良くないかなと口を閉ざし……スーリオ達にならって草原の光景を楽しむことにする。

そうして時間が流れて、イルク村までもう後半分くらいという所で、スーリオ達全員とベイヤースの頭の上に座っていたエイマと、馬達が何かを聞きつけたのか耳を動かしながら上空を見上げる。

それに引っ張られる形で上空を見上げていると……太陽の辺りで何かが動き、手を額に当てて陰を作りながらその辺りをよく見てみると、大きな影の姿があり……その影が凄まじい勢いでこちらへとやってくる。

「どうした？　サーヒィ、そんなに急いで」

その影は私の目の前の、鞍の縁に降り立って……翼を整えながらクチバシを開く。

「いや、エリーのやつがな、急いでディアスを呼んできてくれとか言うから飛んできたんだが……ここまで来ているならその必要もなかったな」

「急用か？　それとも何か問題でも起きたのか？」

一体何事があったのだろうかと、不安な気持ちを抱きながらそう返すと、サーヒィは軽く翼を振ってから言葉を返してくる。

「いやいや、そんな大した話じゃぁないんだ。ただほら……あー、ついさっき商人が来ただろ、それでその商人とかと以前話し合った……北の山とかのあれに必要な銅貨とか道具とかを持ってきてくれたんだよ。なんかほら、ディアスとお偉いさんが話し合って、約束したんだろ？　そういうのをくれって」

その言葉はなんともあやふやというか、意図的に濁されていて……そんなサーヒィの視線が一瞬、ほんの一瞬だけスーリオ達の方に向けられたのを見て、私は心の中でなるほどとつぶやく。

さっき来た商人というのはペイジンのことで、以前の話し合いというのは外交交渉のことで……北の山のあれこれというのは鉱山開発に関する投資話のことで、サーヒィはそういった話をスーリオ達他所の者達の前でするのは問題があると、そう考えてくれたのだろう。

そんなサーヒィの意図を汲んで私は、ゆっくりと頷いてから……言葉を選びながら口を開く。

「ああ、分かったよ。サーヒィの言う通り大したことではないようだが、エリーが早く来てくれと言うのなら行った方が良いのだろうな。そういう訳でスーリオ、リオード、クレヴェ、申し訳ないのだが私は先を急がせてもらうよ。イルク村までの道のりはこの道をまっすぐに行けば良いのだが……念のためこのサーヒィに道案内をさせよう。……サーヒィ、頼まれてくれるか？」

私のそんな言葉にサーヒィとスーリオ達はこくりと頷いてくれて……それを受けて私は、エイマにしっかりと掴まっているようにと伝えてから、ベイヤースに指示を出し、駆けさせる。

本気という程ではないが、それでもベイヤースはかなりの速度で駆けてくれて……イルク村につくと犬人族達があっちですとか、西の迎賓館の方ですと、指差しや声でもって教えてくれる。

そんな犬人族達に礼を言った私達はそのままイルク村を通り過ぎ……迎賓館に到着すると、まずは迎賓館側に用意した馬のための休憩所でベイヤースを休ませることにする。

井戸で水を汲んで水飲み用の桶に入れてやって、馬銜《はみ》などの馬具を外してやって……木ベラで汗を拭ってやって。

そうこうしていると、ここらで仕事をしてくれていたらしいアイセター氏族の若者達が集まってきてくれて、

「自分達にお任せを!!」

と、元気な声を上げてくる。

そんな彼らに世話の続きを任せることにして、礼を言いながら若者全員の頭を軽く撫でてやって……それから私とエイマは、視界には入りこんでいたのだけど、あえて見ないようにしていたというか、意識から外していた、迎賓館側に停めてある馬車の群れへと視線をやる。

「えぇっと……これ、全部で何台だ？　五・六・七……は、八台か……。

八台もの馬車で一体全体何を持ってきたんだ、ペイジン達は……」

そうして私がそんな声を上げると、私の肩に乗ったエイマが言葉を返してくる。

「何を持ってきたかっていうのはまぁ、先程サーヒィさんが教えてくれた通りなんでしょうけど……これまた凄い規模で来たものですねぇ。

鉱山に関する投資はこれ程の規模ではなかったはずなんですけど……一体全体向こうで何があったんでしょうね？」

「何があったやらなぁ……エリーが急いで来てくれなんて連絡をよこすのも納得だなぁ……」

「ですねぇ……。

そのエリーさんは迎賓館の中で、お話中ですかね？」

と、そんな会話をしていると馬車の中から恐らくペイジン・ファと思われるフロッグマンが、私達の姿を見つけるなりペタペタと、軽快な足音をさせながらこちらへと駆けてくる。

「いやいや、お久しぶりでございます、ペイジン・ファです。

お忙しい中、お呼び立てしてしまったようで申し訳ございません。

拙者共としましても、少々予想外の出来事が起きまして……急ぎディアス様に来て頂く必要がありまして……。

あ、以前話題にさせて頂きましたキコ様のお子様方が元気に暮らしている様子、無事確認出来まして、そちらはひとまず安心といった所で、改めてディアス様の御厚意に心から謝意を表させて頂きます」

慌てているのか混乱しているのか、手を右に左にと振りながら、早口でそんなことを言ったペイジン・ファは、私のことを馬車の群れの中心辺りへと案内し始める。

「はい、はい、そのままこちらに来て頂ければと……えぇっと、はい。

ディアス様も驚かれているであろうこちらの馬車の数なのですが、半分はディアス様とヤテン様が交わされた投資に関する品々でして、獣人国名義で拙者共ペイジン商会が用意したものとなっておりますな。

では残りの半分は何なのかと言いますと、前回の会談の様子やそれ以前の交易の話や、色々な話を聞いたペイジン商会の長たる父ペイジン・オクタドが、妙に張り切ってしまいまして……これから良きお客様になってくださるだろうディアス様のためにと、用意させて頂いた好意を示す品、となっております。

つまりは、はい、拙者共からの贈り物でして……そしてこちらに座っておりますのが、拙者共の父、ペイジン・オクタドでございます」

そう言ってペイジン・ファは左右に振っていた両手をさっと馬車の群れの中央にある草を編んで作ったらしい大きな板の方へと振り……そこにドカンとあぐらで座った体格の良い……キコやヤテンの服によく似た緑色の服を身にまとったフロッグマンの紹介をしてくれる。

するとそのフロッグマンは、その服からはみ出している大きな腹を揺らしながら組んでいた両腕を解いて草編み板に突いて、頭を大きく下げてから、その大きな口をゆっくりと開く。

「お初にお目にかかります、メーアバダル公。ワシはペイジン・オクタド……愚息達が公に、格別のご厚情を賜わっていると聞き及び、父親として心よりの御礼申し上げるために参上させて頂きました。

仮にも商会の長であるものが、手ぶらで他所の土地にお邪魔したとなれば、商会全体の恥となるため、つまらない品ばかりではありますが、いくらかの手土産を用意させて頂きました。

どうかどうか受け取ってくだされば幸いでございます」

太く地面を揺らすかのように響く、ゴロゴロとした声でペイジン・オクタドはそう言ってきて……そこまで言われてしまうと受け取らざるを得ないなと苦笑した私は、顔を上げてくれとそう言ってから、ゆっくりと顔を上げたオクタドに……念のためにと懐に潜んでいたエイマの助言を受けながらの言葉を返す。

「こちらこそ初めまして、メーアバダル公爵のディアスだ。

こんな所までわざわざ来てくれて、毎回のように良い商売をしてくれているペイジン達にはこちらも世話になっているのだから、そこまで気にしないでくれるとありがたい。

オクタドがわざわざ足を運んでくれたことも、土産の品をこんなに用意してくれたことも嬉しいばかりで……どんな土産があるのか馬車の中が気になって仕方ないよ」

「おお、おお、そう言って頂けると肩の荷が下りたような気分でございますな。

馬車の積荷に関しましては、詳しくは後でファに説明させますが……大体は獣人国の産品になりますな。

食料に酒、布に精錬鉄……それと鉱山開発や関所建設に必要そうな工具を一式。

他にも人手を用意すべきかと愚考していたのですが……あの関所建設地を見てそちらは必要ないのだということがよく分かりました。

いやはやまさか、こんなにも早くあれだけの人数をお揃えになるとは……愚かなワシはまだまだどこかで英雄たる公を侮ってしまっていたのかもしれませんなぁ。

……ちなみにですが国からの品に関しても大体ワシらが用意したのと同じものとなっております。国名義とは言え我が商会が用意する以上はそれ相応の品にしなければなりませんからなぁ」

「……おお、そうか、工具まで用意してもらえるとは嬉しい限りだ。

関所に関しては……スムーズに積荷確認が出来るよう、専用の場所を作る他、商人達があそこで休めるよう、いくつかの部屋を作り隊商宿のような機能も持たせるそうだから、出来上がったらペイジン達も遠慮なく利用して欲しい。

もちろん、今まで通り自由な商売が出来るよう、ペイジン達には特別な配慮をするつもりだからその点も安心して欲しい。

変な事件を起こさない限りは積荷の確認は免除するし、通行料などに関しても免除するつもりだ。

その代わりと言ってはなんだが今まで通り、私達はもちろん、鬼人族との商売も引き続き行って、生活に必要な品々をこの草原に届けて欲しい」

「ええ、ええ、もちろんでございます。

そこまでして頂いた以上はワシらペイジン商会一同、ディアス様とこの草原のため、粉骨砕身、良い商いをさせて頂く腹積もりです。

……そういう訳で早速と言いますか何と言いますか、ここまでの道中で、関所の縄張……いえ、設計の方を見させて頂きましたが、中々良さそうな造りになっているようですな。

軍事拠点、関所として申し分なし、あれが出来上がれば行商人達は安心して商売が出来ることでしょう。

ただし商人視点で言いますと、もう少し広い方が良いと言いますか、積荷の確認ついでにあそこで露店でも開けるような広場のような空間があっても良いのかもしれませんな。

そのような広場が軍事拠点として邪魔になるようでしたら、別棟のような形で用意しても良いかもしれません。

ああ、それと一つ気になったのはあの関所の位置ですな。ヤテン様と取り決めた国境よりもかなり遠慮していると言うか、王国側に寄った位置となっているのは何か意図あってのことですかな?

ワシならもう少し国境間際に関所を建てますが……まぁ、あの空間を商売用に使っても良いかもしれませんな。

獣人国では宗教の、あー……こちらで言う……あー……」

と、オクタドはそこで言葉につまり、私の近くにいたファへと視線をやり、慌てて駆け寄ったファが、フロッグマンの耳はそこにあるんだなぁと思うような位置、後頭部に近い頬の後ろあたりに耳打ちをする。

するとオクタドは、

「神殿！　そう、神殿の前の通りなんかで商売をすることを許されているのですよ。神殿が守ってくれる、許可を出してくれるから安心安全に商売が出来ると、そういう訳ですな。あの関所の辺りもそういう場にしたなら、物と人が活発に行き交い……交流の場となり、王国と獣人国の仲も、良い方向に深まるに違いありません」

と、そんなことを言ってその両手をグニグニと揉み合わせる。

スラスラと変な訛りもなく話していたオクタドだったが、今の様子を見ると王国語に慣れきっているという訳ではなく、恐らくはファのように、誰かに王国語を習い、懸命に勉強をしてきた結果なのだろう。

そんな辺りからもオクタドが私達と仲良くしたいと本気で思っているということが伝わってきて……私はそんなオクタドに近付き、手を差し出して握手を求める。

するとオクタドは目を丸くし、驚いたような顔をしてから大慌てで立ち上がり、服でゴシゴシと手を拭いてから握手に応じ……目を細めて大きな口の口角を上げてにっこりと微笑む。

それからオクタドはその口を開き、

「愚息達から聞いていたお人柄のままで、嬉しいことこの上なく……この歳になって新たな友を得られたこと、感激するばかりです。

僭越ながらこのオクタド、メーアバダル公のお役に立ちたく……関所の縄張について助言出来ればと思うのですが、お時間頂けますかな？」

と、そんなことを言ってくる。

それを受けて私が笑顔で頷くとオクタドは「では、早速」と予想外の言葉を口にして……また先程の板に座り込み、周囲に控えていた護衛達に指示を出し……まさかのまさか、その板についていた棒を護衛達に掴ませ、持ち上げさせ……その板ごと自分のことを、馬車の群れ中でも一際大きな馬車の中へと運び込ませるのだった。

西側関所に移動して――

「壁の中に部屋を作り宿舎とするのは中々面白い造りですが、西側……獣人国側の壁にはそこまで広い部屋を作るべきではないでしょうな。

獣人国はその身体能力を活かしての野戦を得意としていて、城攻めを苦手としています……そのため城や要塞といった拠点のことを重要視する節があり、重要視するからこそ攻城兵器の開発、量産意欲が旺盛です。

野戦は自分達で行い、城攻めは兵器に任せる、それが獣人国の戦い……戦《いくさ》と呼ばれるものなのです」

関所の予定地に辿り着き、馬車から下りてきて……縄張、ここに壁を作り、ここに塔を作り、廁や井戸はここと示す、そこらに張り巡らされた縄を見て、ペイジン・オクタドがそんな声を上げる。

関所予定地では既に、穴が掘られたり石が積み上げられたりと洞人族とモント達による関所の建設が始まっていて……作業をしていた面々は作業の手を止めて、オクタドの話の耳を傾ける。

「獣人国で主に使われている攻城兵器はバリスタ、投石機、櫓《やぐら》などになりまして……基本的には打ち破るか乗り越えるかの二択となっております。

関所だからそこまでの備えは必要ないと思われるかもしれませんが、関所だからこそ、国の顔となる場所だからこそ、攻城兵器に備え、その威容を見せつけることにより……より一層の平和と友好に繋がるのです。

交渉の場であれこれと言葉を尽くすよりも、そういった無言の圧こそが効果的だったりしますからな」

更にオクタドはそう言って……その話に私が感心していると、迎賓館にいた犬人族からの報告を受けて、道中で合流したアルナーが……こっそりと小さな声で、

（会った時からずっと青かったが、今は強い青だ）

と、そう伝えてくる。

そんなアルナーの様子に気付いているのかいないのか……オクタドは特に反応することなく、話を続ける。

「国境全てを関所で守ることは出来なくとも、大きな拠点があるだけで警備はうんと楽になりますからな……盗賊なども関所を見れば当然嫌がり、活動しなくなりますし……その関所の前や中で商売できるとなれば商人としてはありがたいことこの上なく、商品の検め場を広くし、そこで商売が出来るようになれば感無量といった所でしょうな。

……もちろんこれらは、ただの助言、あるいは一商人としての要望であり、参考にするもしない

も、ディアス様の自由にしていただければと思います」

そう言ってオクタドは大きな口の両端をくいと上げて、にっこりとした笑みを作り上げる。

それを受けて私が、

「……いや、良い助言をしてもらえて助かったよ。

全てを反映出来るかは分からないが、出来るだけ反映して……お互いにとって快適に利用出来る、平和と友好の要となる関所にしたいものだ」

と、返すとオクタドは更に笑みを深くして、その手を何度も何度も何度も揉み合わせて……側に控えていたペイジン・ファも似たような笑みを浮かべて何度も何度も、深く頷く。

そうやって話が一段落した所で、オクタドに質問があるのか、何人かの洞人族達とモントがやってきて……建設と軍事の責任者による質問が始まり、オクタドはそれに流暢に答えていって、また別の洞人族がその質問と回答を紙束……関所の設計図の束の隅や裏に書き込んでいって……流石に関所をどう造るかとか、どうしたら良いかとか、そういった知識のない私やアルナーは、黙ってその様子を見守ることにする。

そうして少しの時間が流れて……もうそろそろイルク村に戻った方が良いかなという頃合いになった折、そこらを歩いていたり、私の足元に居たり、道具などを運んでいたりした犬人族達が何かに反応して耳を立てながら立ち上がる。

立ち上がり周囲を見回し……何かに怯えているというか警戒しているというか、そんな表情をして、そのすぐ後に地面がゆっくりとだが確実に揺れ始める。

「……地震とは珍しいな」

大きい揺れという訳ではないのだが、しっかりと揺れを感じ取ることが出来て、そんな風に弱い揺れだからすぐに終わるかと思えば長く続いて……そんな揺れに何か思う所があったのか、洞人族達は地面に耳を押し当てて何かを聞こうとし始める。

犬人族は警戒をし、洞人族は地面の様子を確かめ、私とアルナーは大した揺れでは無いからとただ収まるのを待ち……ペイジン達はひどく顔をしかめながら周囲をキョロキョロと見回している。

そうやってかなりの、普通の地震ではあり得ない程の長い時間、地震が続いて……一体いつまで続くのかと不安に思い始めた頃にようやく、始まった時のようにゆっくりと収まっていって……長く続きはしたもののこの程度の揺れであればまぁ、特に問題は無いだろうと私とアルナーが胸を撫で下ろしながら安堵のため息を吐き出していると……そこにオクタドがずいっとその大きな顔を突き出してきて、緊張して硬くなった声を上げる。

「ディアス様、すぐに備えをしてください、これは前兆……厄災の始まりを報せる揺れに違いありません」

それは冗談を言っているとか、脅かしているとか、そういうものではなく、真摯に私達への助言をしようとしているような声、態度で……その言葉をしっかりと受け止めた私は、オクタドの目をまっすぐに見ながら言葉を返す。

「オクタドがそう言うなら備えでもなんでもするが……具体的にどんな厄災が始まると言うんだ？」

「……アースドラゴンの大侵攻です。

獣人国では地竜とも呼ばれるその魔物は、こういった異様に長い地震を合図として、複数でもって人界に攻め寄せる習性と言いますか生態のモンスターでして……地震の後に侵攻してくる竜で地竜……つまりはアースドラゴンと名前の由来にもなっているのです。

獣人国には数百年前に起きた大侵攻の記録が残っておりまして……その際にはこの大陸全体で五頭のアースドラゴンが確認されたとのことです……」

アースドラゴン……亀。

以前私が討伐したモンスターで……クラウスが言うには攻城兵器を引っ張り出してきて戦うような存在であるらしい。

それが大陸全体で五頭……五頭か。

大陸全体の広さは……なんとなくでしか把握していないが、私が知っている限りでも獣人国、王国、帝国の三カ国がある訳で……それだけの広さの大陸で五頭となると、この辺りに来るかどうかも微妙な所と言うか……来たとしても一頭か二頭くらいのものだろう。

あの亀が二頭か……。

まぁ、ナルバント達が作ってくれた鎧があれば炎を吐かれても平気だろうし、戦斧があれば問題なく甲羅を砕けるだろうし……二頭同時に来たとしてもなんとでもなりそうだ。

仮に亀が五頭同時に来たとしても……それでもなんとか戦えそうな気はするし、そこまで苦戦することもないだろうなぁ。

と、私がそんなことを考えていると、懐に潜んでいたエイマから小さな声が上がる。

（ディアスさん、倒したことある相手だからって余裕で勝てるとか考えているんでしょうけど……それはディアスさんだけのお話で、王国の他の場所やエルダンさん達はそうもいかないんですから、こんな話があったと情報共有をしておかないとダメですよ。

場合によってはディアスさんが援軍に行くことになるかもしれませんし、逆に援軍に来てもらうことになるかもしれませんし……特にエルダンさんの所とはしっかりと情報共有するようにしましょう。

とりあえずサーヒィさん達に警戒飛行をしてもらって、本当にアースドラゴンが来るのかの確認をしましょう。

アースドラゴンはウィンドドラゴンと違って移動力はないはずですから……どこら辺にいるのかの確認をしてからでも、対策や迎撃は間に合うはずです）

その言葉を受けて私はそれもそうだと納得し……納得してから自分の言葉でもって、大体そんな内容のことを周囲の皆に説明する。

すると不安そうにしていたアルナーや犬人族達が安堵の表情をしてくれて……モントや洞人族達

はいっそ来てくれた方が素材が手に入ってありがたいとそんな話をし始めて……そしてペイジン達は、自分達の助言を受け入れてもらえたことが嬉しいのか、柔らかな笑みを浮かべる。

笑みを浮かべて頷いて……そうしてから気持ちを切り替えるためなのかパンッと手を叩いたオクタドは、真剣な表情となって声をかけてくる。

「こういった緊急時ですのでディアス様、慌ただしくて申し訳ありませんが積荷の受け渡しが済み次第、獣人国へと帰還しようかと思います。

こういった事態に際しての協力、連携が出来るよう、両国の関係を深められればと思うばかりですが……その辺りに関しましてはまたいずれ。

事態が落ち着きましたらまたお邪魔させて頂きたいと思いますので、今後ともペイジン商会との良い取引を、お願いいいたします」

そう言ってオクタドが深々と頭を下げると、ファや護衛達もそれに続き……そんなペイジン達に私は、エイマからの助言を受けながらの言葉を返す。

「こちらこそ今後とも良い付き合いをよろしく頼む。

無事に帰還出来ること、また笑顔で再会出来ることを祈っているよ。

獣人国からの投資のこと、ペイジン商会が用意してくれた物資のこと、どちらも感謝するばかりで……ヤテンにはしかと受け取ったこと、深く感謝していること……獣人国の無事と繁栄を祈っていることを伝えて欲しい」

するとオクタドはにっこりと微笑みながら顔を上げて、両手をこれでもかと揉み合わせながら、

「このオクタドにお任せください」

と、力強い声を返してくれるのだった。


それから私達はイルク村へと戻り、積荷の受け渡しや書類へのサインを行い、オクタド達のことを見送り……そしてスーリオ、リオード、クレヴェの歓迎会を開くことにした。

亀がやってくる……かもしれないという問題はあるものの、それは今日明日のことではなく、その足の遅さから予想するにまだまだ当分先のことになりそうで……対策を始めるにしても、歓迎会の後からでも問題はないはずだ。

3人のユルトはそれぞれ一軒ずつ、アルナー達の手で既に建てられていて、生活に必要な道具なんかも用意がされていて……3人は早速自分のユルトに荷物を運び込んで、生活のための準備をしているそうで……それが落ち着いたなら、広場で歓迎会をやろうと、そういうことになった。

スーリオやオクタドが大量の食料を持ってきてくれたため、料理はかなり豪華なものとなり、酒もそれなりの量が用意されて……皆で夜遅くまで楽しもうと篝火《かがりび》もいつも以上の数、規模で用意されて。

歓迎会だけでなく亀討伐を控えての戦勝祈願のような意味も含まれているようで……今夜の主人

公であるスーリオ達３人は予想以上の規模となった歓迎会の間中ずっと目を丸くし続けることになった。

踊りも歌も、いつもの宴以上に盛大に賑やかに行われて……領民が増えたこともあって、盛り上がりに盛り上がって。

まだまだイルク村に来たばかりといった感じのアイセター氏族も洞人族も、新たな住民を歓迎するために盛り上がり、楽しんでくれて……クラウスやカニスを始めとした関所で働く皆も、交代しながらではあるものの参加してくれて。

そんな宴の中で亀の襲来に関する情報交換や簡単な会議のようなものも行い……隣領への連絡は明日、カニスが行ってくれるということになり……そうして翌日。

集会所にて、私、アルナー、フランシス、エイマ、ベン伯父さん、ヒューバート、モント、マヤ婆さん、犬人族の各氏族長、サーヒィ一家という面々での対策会議が行われることになった。

と、言っても大体のことはエイマやヒューバート、モントとマヤ婆さんが昨晩のうちに話し合ってくれていたそうで……話し合いの結果生まれた方針を、集会所に置かれた大きなテーブルの上にちょこんと立ったエイマが説明してくれる。

「まずすべきはアースドラゴンが本当に来るのか、来るとして何処に来るのかという情報の確認です。

これに関してはサーヒィさん一家にお願いし……それだけでなくサーヒィさん達の一族にも、食料や金貨を報酬として支払うことで、依頼したいと思います。

鷹人族なら空を飛べますし、目も良いですし……一族全員の力を借りられたなら、かなりの広範囲の偵察が可能となるはずです。

サーヒィさん達に確認したところ、ドラゴン狩りを名誉としている一族にとっては、協力や偵察もまた名誉なことなんだそうで……その上報酬までもらえるとなれば断られることはまず無いそうです。

偵察の結果アースドラゴンがメーアバダル領に来ない、あるいは来ても一頭ということになれば……来ないなら何もしなくて良い訳ですし、一頭だけならディアスさんがなんとかしてくれるそうですし……仮に複数来るというならそのための対策が必要になりますし、偵察は入念に、これ以上ないくらい徹底的に行うことにしましょう」

そう言ってエイマは一旦言葉を区切り「ここまでで質問はないですか？」との声を上げ……一つ気になったことがあった私は、手を挙げてから問いを投げかける。

「概ね問題ないと思うのだが……一つ気になったことがある。

……鷹人族は金貨を欲しているものなのか？

金貨を欲していなかったり、価値を知らなかったりして、犬人族の時のように家に飾る、なんてことになってしまうと問題だと思うのだが……？」

私のそんな問いに対してエイマは、こくりと頷いてから答えを返してくれる。

「その点についてはご安心ください。

今回金貨を支払うことにしたのは、一度に大量の食料を渡されても、腐らせたりするだけだろうという配慮からのことでして……鷹人族さん達には、しっかりと金貨の価値についての説明をした上で……それをイルク村に持ってきてくれたら、いつでも同価値の食料をお渡しする、という約定を交わす予定です」

「なるほど……それならば問題はないか。

それでは鷹人族には……この草原周辺と、それと王国全体の北部と言うか北側というか、モンスター達がやってくるという、北の山の辺りを見回ってもらう感じになるのか？」

「いえ、王国全体というのは流石に広すぎると言いますか、東部の端までの距離を考えると、鷹人族さん達への負担が物凄いことになっちゃうので……あくまでこの辺り、王国西部をお願いする形になりますね。

王国の他の地域に関しましては、エルダンさんやギルドにお願いしてふんわりと……噂という形で情報を広めてもらって、後の対策は王国の偉い人達に任せる形になります。

今回アースドラゴンが来るかもしれないという話は、まだまだ不確定と言いますか、あくまで伝承のお話でしかないので……大々的に、たとえばディアスさんの名前を使って広めたりしちゃうと、いざアースドラゴンが来なかった時に家名に傷がついたり、責任問題とかになったりする可能性があるんですよ。

ですので、そこら辺が限界と言いますか……アースドラゴンを発見して襲来が確定したなら、改めて情報を広めますけど……他に出来ることは無さそうです。

……信頼のおける人がどこかにいるならその人には知らせても良いかもですけど……」

そう言ってエイマは苦い顔というか、悔しそうな……自らの力不足を恥じているような顔をする。

それを見て私は、エイマがそこまで気にすることではないと思うのだがなぁと、首をひねりながら悩み……そしてある2人の顔を思い出し、声を上げる。

「……エーリングやサーシュス公なら問題ないかもしれないな。

そこまで深い仲ではないが……信頼出来る人物だと思うし、魂鑑定も青だったし、私達のことを貶めるようなことはしない……ような気がする。

それにあの2人なら、こんな伝承を耳にしたと伝えるだけでも、それなりの備えをしてくれるかもしれない」

以前迎賓館が出来たばかりの頃に来た他の地域に住まう貴族……シグルなんとか伯爵のエーリングと、サーシュス公爵の名前を出すと、私と一緒に2人に会ったエイマやヒューバートやベン伯父さん、魂鑑定をしたアルナーやその顔を見る機会のあったマヤ婆さんが手を打ったり頷いたりなどして、私の意見に同意してくれる。

モンスターから領民を守ることも領主の……貴族の義務だとのことだから、ドラゴンへの対策法などもあの2人ならば心得ているはずだ。

2人共、遠方で暮らしているため、手紙なんかを普通の方法で送ったのでは間に合わないだろうが……鷹人族とエルダンの所の鳩人族の力を借りればなんとかなりそうでもあるし……エルダンと相談してみるとしよう。

「……しかしそうなるとサーヒィ達にはかなりの負担がかかってしまうなぁ」

そこら辺の話が一段落してから私がそう言うと……集会所に立てられた止まり木の上で、リーエス達と一緒に静かに様子を見守っていたサーヒィが、クチバシを開く。

「オレ達は全然構わないぜ、領民となった以上はこの領のために働くのは当たり前だし……巣の皆が腹を満たせる上に、備蓄まで出来るとなったらむしろありがたいってもんだ。

それに正直、その程度の仕事っていうか……この辺りを飛び回るだけなら、オレと嫁達だけでもなんとかなるからなぁ……巣の皆まで力を貸してくれるとなったら、負担どころか余裕過ぎてあくびが出るってもんだよ。

……いや、ほんと、なんだって巣の皆まで使うんだ？　巣の皆がいれば王国全部は無理でもかなりの広範囲はいけるはずだし……もしかして何か他の狙いがあったりするのか？」

その言葉を受けて私がエイマへと視線をやると、エイマはちらりと西の方を見てから口を開く。

「……んー、これはここだけの話にして欲しいんですけど、鷹人族の方々には獣人国の偵察もしてもらおうと考えていまして……そのために力を借りたいんですよ。

獣人国とは現状良い関係を築けていますし、太っ腹な投資もしてもらえています。

そんな獣人国に被害が出ることは私達にとっても損になる訳で、出来る限りの助力をしたいと考えていて……そうかと言って王国民のサーヒィさんが、空の上とはいえあちらの国に入り込むのは問題ですから、王国民ではない鷹人族さん達の力を借りたい、という訳ですね。

……まぁ、そのついでに国境近くの地理情報が手に入ったりするかもしれませんし、手に入れた情報をオクタドさんに渡すことで、安全と商機という多大な恩を売れたりするかもしれませんけど……そこら辺はまぁ、副産物と言いますか、なんと言いますか……。

……あっ、出来るだけ多くの方の力を借りて、入念な偵察をしたいっていうのも本音ですよ、何しろ相手はあのアースドラゴン、一頭でも見逃しちゃったら大惨事ですからね」

その言葉を受けて私とヒューバートはなんとも言えない顔をし、アルナーとマヤ婆さんは笑い……ベン伯父さんとモントはもっと何か出来るのではないかと、そんなことを考えているのか悪い顔をし……フランシスと犬人族達は首を傾げ、そしてサーヒィ達は、どんな形であれ自分達が活躍出来るのなら嬉しいと、その大きな翼を軽く広げて胸を張り、自分達に任せろと、そんなことを言いたげな格好をするのだった。

対策会議では鷹人族のこと以外にも、亀……アースドラゴンが複数現れた時のための対策として、アースドラゴン用の武器を作った方が良いだろうと、そんなことについても話し合われ……その武器に関してはモントが案を出し、ナルバント達が作ることになった。

なんでもモントは帝国でドラゴン狩りに関しての教育を受けていたんだそうで……一兵士としてドラゴン討伐に参加したことまであるらしく、その知識でもって必要な武器や道具の案を出しているという訳だ。

モント曰くアースドラゴンは、

『あんなもんドラゴンの中じゃぁ最弱も良いとこだろ、弓を使うアルナー嬢ちゃん達には厳しい相手かもしれねぇが、しっかり武器やらを用意した上で上手くやりゃぁそこらの農民でも勝てる相手だ』

とのことで……モント以外は首を傾げる話だったが、どうやらかなりの自信があるようだ。

そこまでの自信があるなら信じても良いだろうとなって、会議直後から工房での作業が始まり……私達はそれを手伝ったり、普段通りの仕事をしたり、見回りをいつもより多めにやったりしつつ日々を過ごし……そうして何事も無く三日が過ぎた。

巣の鷹人族と連携しながらそこら中を飛び回っているサーヒィ達からは今日もアースドラゴンの姿は見えないとの報告があり、隣領からやってきた鳩人族からも特にそういった兆候や気配は見当たらないとの連絡があり……言葉に出さないが私もアルナーも、イルク村の皆も、心の何処かで地震がアースドラゴンを呼ぶなんてのはただの伝承なのだろうと、そんなことを思い始めていた。

活躍してやろうと意気込んでいたモントや、素材を手に入れてやろうとはりきっていたアルナー達はそのことを残念がり……私や婆さん達は面倒なことにならなくてよかったと安堵し、犬人族達は気にした様子もなく日々を過ごし……。

そんな中でマヤ婆さんは少し変わった様子を見せていて、毎日のように占いなどをし、その結果を報せるためなのか王都の辺りに居るらしい知人とやらに宛てた手紙を何通も書いていて……その手紙は鷹人族がエルダンの下へと運び、ゲラントを始めとした鳩人族達がその知人の下へと届けてくれているらしい。

馬車で一ヶ月かそれ以上かかる王都も、鳩人族にかかれば一日と少しの距離なんだそうで……その凄まじい力でもってエーリングやサーシュス公の下にも私が書いた手紙が届けられている。

あくまで噂、伝承の類と前置きしつつアースドラゴンが現れるかもしれないから注意してくれと、そんなことを書いた手紙だった訳だが……この様子だといたずらに2人を驚かせてしまったことになりそうで……もう何日かしたら詫びの手紙を送った方が良いかもしれないなぁ。

……と、そんなことを考えていると草原の見回りを担当してくれていた鷹人族がやってきて、西の関所予定地に来客が……ペイジン達がやってきたとの報告を届けてくれて、私はエイマに声をかけた上で一緒にベイヤースに乗り、関所予定地へと向かう。

関所予定地ではモントとジョー達が出来上がったいくつかの武器や道具でアースドラゴン狩りの練習をしていて……地図作成やらでモント達を手伝っているヒューバートの姿もあって……更には資材などを買い付けに行っていたゴルディアやエリー、アイサとイーライの姿もあり……アースドラゴン対策を優先するため、建築の手が止まっている関所予定地だったが、かなりの賑やかさとなっていた。

そんな関所予定地の端には汗をじっとりとかいたペイジン・ファと馬車の姿もあり……ファは私を見るなりその大きな口を開けて、大きな声を上げてくる。

「ディアス様！　獣人国の西端でアースドラゴンが発見されたとの報を受け、知らせに参りました！

星詠み達によるとこの辺りにも二頭あるいは三頭現れるかもしれないとのことで、至急確認と対策をした方が良いかと思われます‼」

その声を受けてベイヤースから降りて手綱を犬人族に預けていた私は、小さな驚きを抱き、言葉に詰まる。

もう来ないものと考えていたアースドラゴンが獣人国に現れていて……星詠み、恐らくは占い師のような者達がこの辺りにも現れると言っている。

だけどもサーヒィ達からそういった報告は無く……馬車に繋がれた馬の疲れ具合を見るに、かなりの無茶をして来てくれたらしいファにどう返したものかと悩んでいると……そこにバサリと大きな翼の音が響いてきて、それを受けて私が腕を上げると、慣れた様子でサーヒィがその腕に止まりクチバシを開く。

「ディアス！　いたいた、いやがったぞ！　アースドラゴンが山の頂上辺りに現れやがった！

イルク村の真北と、森を越えた向こうの隣領の西部に一頭ずつ！

おっと、焦んなよ！　あの足の遅さじゃぁ山を下るまでに二、三日かかる……そこから荒野みたいになってるとこを進んで、草原に入り込むまでにもう一日か二日かかって……戦うならその辺りだろうから、猶予は十分にある！

隣領にも知らせを飛ばしたから、あっちはあっちで対策するだろ、問題は無いはずだ！

それと……あー……もうひとつ話があるんだがー……」

大きな声でハキハキとしっかりとした報告をしていたサーヒィだったが、突然口ごもり始め、チラチラとファの方を……初めて鷹人族を見たのか目を丸くして大口を開けているファの方を見て、何か言いたげな視線をこちらに送ってくる。

その様子はまるでファに聞かれてはまずいことでもあるかのようで……。

……いや、そうか、許可なく獣人国での調査をしていたからその話か、と気付いた私がどうしたものかなぁと悩んでいると、すぐにヒューバートが駆け寄ってきて、無言で出来たばかりといった様子の地図を開いてサーヒィへと見せて……サーヒィもまた無言でその地図のある地点を……この関所予定地のすぐ側、ギリギリ獣人国側の……獣人国側から見て東端の、北部にある山の辺りをクチバシでつつく。

するとヒューバートはこくりと頷き、私の懐の中に隠れていたエイマの方を見て……それからヒューバートとエイマは無言のまま目での会話をし……数秒ほどそれを続けてからヒューバートが、未だに大口を開けているファへと声をかける。

「ペイジン殿、こちらのサーヒィ……鷹人族はとても目が良い種族でして、空高く飛び上がればかなりの遠方まで見通せる種族なのですが……どうやら我々の領地を調査する過程で、その目が遠方にいるアースドラゴンを見つけたようなのです。

位置としましては獣人国側、国境線から遠く離れていない辺りの北部、山中とのことです」

するとファは開けていた口を勢いよく閉じながら飛び上がり、慌てて馬車の中へと駆け込んで……駆け込んだと思ったらすぐに丸められた紙を手にこちらへと駆けてくる。

「ど、ど、どの辺りですか!?

これは獣人国東部の地図なのですが、どの辺りにいるのを目にしたのですか!?」

駆けてくるなりそう言って、丸められた紙……地図を広げて私達に見せてきて、それを受けてヒユーバートはサーヒィが示した辺りに指でそっと触れる。

直後ペイジン・ファはぎょっとした顔をし、何度も地図を見直し「本当ですか!?」との確認をし……サーヒィがそれに頷くと頭を抱えてぺたんとその場に座り込む。

「……一体全体どうしたんだ?

二頭目が出たというのは確かに問題かもしれないが、獣人国にもそれなりの数の兵士がいるんだろうし、二頭くらいならば対処は出来るはずだろう?」

そんなファに私がそう声をかけると、ファは座り込んだまま震える声を返してくる。

「お……王国の方にこんなことを言うのは気が引けるのですが、この辺り……東部の東端はその、王国からの侵入者や王国とのゴタゴタのせいもあって、かなり荒れている地域でして……更には国内の様々な事情も関係して、何十年も前から領主不在の地域となっている、のです。

そんな地域には住民などいないだろうとお思いになるかもしれませんが、事情ある者、後ろ暗いことがある者など、領主がいない方が都合の良い者達が身を寄せる特殊な地域となっていまして……かなりの人数が暮らしているのです……。

しかしながら公的にはそこは無人の地域ということになっています。無人、未開拓、領主不在の地となれば後回しにされることは明白で……いずれは、西端のアースドラゴンが討伐された頃にはなんらかの動きがあるかもしれませんが、恐らくその頃には住民達は1人残らず命を落としているかと……。

彼らも盗賊相手の自衛程度の武器は持っているでしょうが、ドラゴンと戦うなんてとてもとても……。

我々ペイジン商会は彼らの境遇に思う所あり、ささやかな支援を行っていたのですが……ま、まさか、まさかまさか……こんなことになろうとは……」

その言葉を受けて私はすぐさまに声をあげようとする。

王国が原因でそうなっているならば、私達の方でなんとかしようと……なんとかすべきだと、そんな声を。

だがそれよりも早くエイマが私の胸元を叩き、続いてヒューバートが私の前に立って真っ直ぐに私の目を見やってきて……いつのまにか側までやってきたモントまでが義足でもってスコンッと私のスネを蹴る。

『たとえそれが人助けでも、どんな理由であっても、私が国境を超えた瞬間、大問題になってしまう』

そんなことを3人が同時に小声で伝えてきて……そしてヒューバートとエイマは『今回ばかりは諦めるしかない』と、そんなことを真っ直ぐな必死な目をしながら言ってくる。

2人がそう言うのならばきっと、それが正しいのだとは思うが……それでも私は何か手があるのではないかと、そう考えてしまい……2人の言葉を受け入れることができない。

するとモントは「はっ」と鼻を鳴らして笑い、もう一度私のスネを義足で蹴り……そうしてから座り込んだファに向かって声を張り上げる。

「おい、そこのお前！　これは俺の独り言だが、うちのお優しい領主様は、避難民が国境を越えてきたからといってどうこう言うような器じゃぁねぇ！

この辺りにユルトを建ててやって事態が落ち着くまでの間、面倒を見るくらいのことは嫌な顔せずやってくれるだろう！

そこにお前らが必要経費や食料なんかを持ってきたなら領主様以外だって嫌な顔をしねぇだろうさ！」

その声を受けて顔を上げて、驚くやら喜ぶやらで複雑な表情をしたペイジンは、モントに向かって声を返す。

「これは拙者の独り言なのですが！　そのお言葉嬉しい限りで、拙者が動けば経費も食料もいくらでも用意出来るのですが……そもそもの原因の解決まで何日……いえ、何ヶ月かかるかがなんとも言えません。

その間に家や田畑は間違いなく荒れてしまうでしょうし、その後の生活が成り立たなければ結局は同じこと……こちらでも何か打つ手がないか考えてみますので、今回はご厚意だけ頂くことにして――」

そんなファの言葉を受けてモントはニヤリと笑う。笑いながら義足をドンと地面に突き立てて大股を開いて、ファの言葉の途中で大きな声を張り上げる。

「お前は商人のくせして馬鹿だな！

何ヶ月もかける必要なんかねぇ！　避難民のついでにアースドラゴンもこっちに誘導すりゃぁそれで解決だろうが！

こちとら折角準備してるってのに、たったの一匹しかこねぇってんでがっかりしてたとこなんだよ!!

こっちに誘導してくれりゃぁ俺達で倒す！　モンスターに国境がどうこう言ったって通じねぇだろうし、こっちにいくら押し付けようがこの公爵様は問題になんてしねぇし、王国の公爵としてお許しになるだろうさ！

……まー、その結果、素材は当然俺達のもんになる訳だが、そこに文句を言ってくれるなよ？

おい、ディアス、お前はイルク村北のアースドラゴンをなんとかしろ、ここに来るのは俺とジョー達でなんとかする。

ああ、それとあのヒョロ獅子共もこっちに回せ……武功を得るには力しかないと思ってるあの馬鹿共には、今回の狩りは良い勉強になるだろうさ」

独り言という話は一体何処へ行ってしまったのか、モントはそんなことを言って……ファは驚きながらもその目を輝かせ、モントの言葉に希望を見出す。

そしてファが、

「本当に良いのですか!?」

との声を上げるとモントは「おうよ」と返し、それからこちらにニヤついた視線を向けてきて……それを受けて私は、ひとまずは避難民のためのユルトの準備をしようかと、苦笑しながらも何も言ってこないヒューバート達と共に行動を開始するのだった。

自分のユルトの机で、各地の地図を眺めながら――ディアス

アースドラゴンを関所予定地まで誘導する、と言ってもまさか避難民にその役目を負わせる訳にもいかないので、誘導に関してはペイジン達が行うことになった。

なんでもペイジン家の中でもペイジン・ドが特別にそういったことを得意としているとかで、一定距離を保ちながら走り続けることも、アースドラゴンが吐き出す火球を回避することも、意識が他に向かないように遠距離攻撃することも、全く問題なく行えるらしい。

避難民には事前に避難してもらい、避難民達の村から距離を取る形でアースドラゴンを関所予定地まで誘導してもらったなら……討伐はモントが率いるジョー達が行うことになる。

指揮官はモント、ジョー隊、ロルカ隊、リヤン隊が正面に立って戦い、リオード、クレヴェはモントの側で見学。

ナルバント達洞人族は後方で武器や道具の準備や運用を行い、ヒューバートが物資などの管理、避難民の世話はベン伯父さんが中心となって行う。

他での動きとしてはサーヒィ達鷹人族は各地を飛び回っての偵察と連絡係、隣領で何が起こるか

分からないのでクラウスは引き続き関所を守り、イルク村はアルナーやエイマを始めとする婦人会が守り、ゴルディアやエリー達は物資の運搬や補充をしてくれて……そして私はほぼ単独で草原にやってくるアースドラゴンと戦うことになる。

一応私の戦い方を学びたいからとスーリオが同行するが戦うことはなく、アースドラゴンが放つ瘴気の影響を受けないように相応の距離を取っての見学に徹することになっている。

以前戦った時には全く気付かなかった、かなりの広範囲に及ぶらしいアースドラゴンの瘴気魔法……。

それに耐えられるのは魔力を持たない者か、洞人族特製のお守りを持つ者だけなんだそうで……その両方を満たしている私と違ってスーリオは、近くにただ居るだけでも立っていられない程の目眩を起こしてしまうんだそうだ。

ある程度の距離を取れば軽い頭痛や寒気程度で済むそうなのだが、それでも影響が出るというのだから恐ろしい話だ。

そんな相手と戦うジョー達もまた頭痛や目眩に悩まされる可能性がある訳だが……モント曰く、基本的に距離を取って戦う予定だから問題は無いらしい。

更にはナルバント達が全員分ではないが、いくつかのお守りを作ってくれていて……それらがあればどうにでもなるだろうとのことだ。

私達はそれで良いとして他の場所……隣領や獣人国、王国各地で戦う人々はどうするのかという問題があったが……それに関してはなんとも驚いたことに、マヤ婆さんがなんとかしてくれたようだ。

なんでもマヤ婆さんは魔法に詳しいんだそうで、洞人族のお守りの仕組みというか、力というか、それを研究することで似たような効果を発揮する魔法を生み出すことに成功した……らしい。

魔法の知識が無さ過ぎて私にはその凄さがよく分からなかったのだが、とにかくその魔法があればお守り程の効果は無いが、アースドラゴンの瘴気にどうにか耐えられるようになるんだそうで……最近マヤ婆さんが忙しそうにしていたのは、ただ占いをしていただけではなく、エルダンに頼んでその魔法の使い方を王国各地に広めていたから……なんだそうだ。

その魔法の力があれば各地でも有利に戦えるはずで……いやはや全く頼りになるというかなんというか、今回一番の手柄はマヤ婆さんかもしれないなぁ……。

とまぁ、そんな風に皆の力を借りながら準備を整えて数日後。

サーヒィ達からの、アースドラゴンがもう少しで……ほぼ同時に関所予定地や草原に到達するとの連絡を受けて、動き出した私達はそれぞれの戦場での戦いに備えるのだった。

草原北の荒野で――――スーリオ

何人かの犬人族達と共に岩陰に隠れたスーリオは、目の前で起きている光景をなんとも言えない気分で眺めていた。

赤みを帯びた金色の全身鎧を身にまとった男が、

「ほっほっほっほっ」

と、声を上げながら背筋をピンと伸ばした姿勢でズダンズダンとなんとも不格好に地面を蹴って駆けていて……そんな男に向けてあのアースドラゴンが必死の形相で火球を吐き続けていて。

片手で戦斧を担ぎ片手を元気良く振って、疲れを見せずに駆け続けるその男は、何発かの火球を見事に回避していたのだが、その倍以上の数の火球の直撃を受けてもいて……だけれども一切のダメージは無く、はためくマントが焼けるような様子も見られない。

常識的に考えれば戦斧も鎧も物凄い熱さとなっているはずなのだが、気にした様子もなく駆け続け、回避のためなのか少しだけ遠回りな進路を取り、それでも確実に距離を詰めていって……。

そんな風に駆け続ける男、ディアスによると目の前にいるアースドラゴンは以前倒したものよりもかなり大きいらしい。

大きく力強く、以前はほとんど吐いてこなかったらしい火球をこれでもかと吐き出してきていて……そうした様子を見るにかなりの強敵であるはずなのだが、その火球がディアスを焼くことはない。

ディアスに火球が近付いた瞬間、火球が弾け、熱とともに火が霧散し……それはその鎧の力によるものだったのだが、スーリオはその力のことを知らず、遠目で見ているせいか火球が弾ける様子がまるで直撃しているかのようにも見えていて……スーリオにはディアスが、ただただ火球の直撃を受けつつも耐えているように見えていたのだった。

驚いたら良いのか、戦慄したら良いのか、呆れたら良いのか、尊敬したら良いのか。

視線の先で起きている夢かと思うような光景のせいで冷静になることが出来ず、考えがまとまらず、混乱と言っても良いような状況になりながらスーリオは、それでも真っ直ぐにディアスへと視線を向けていて……そんな中ディアスはアースドラゴンへの接近に成功し、駆けながら戦斧を両手で構える。

構えて駆ける勢いを乗せて戦斧を横に振るって……慌てて甲羅にこもったアースドラゴンへと凄まじい一撃を放つ。

そうやって轟音を周囲に響かせたディアスは、駆ける足を止めて両足をしっかりと踏みしめて構えて……今度は一撃ではなく連撃を放つために、がむしゃらといった様子で戦斧を振るい続ける。

戦斧で殴って殴って、何度か殴ったなら甲羅へと飛び乗って駆け上がって……ゴッゴッとした甲羅の中から立ちやすい位置を見つけて、そこで踏ん張ったならまた戦斧を振るい始めて……そうしていると段々と甲羅が削れていって、周囲に破片が飛び散り始める。

更に戦斧で殴り続けていると砕けるだけでなくバキリと甲羅の一部が割れて、ヒビが入って、甲羅の一部が脱落して……それを受けて甲羅にこもっていられなくなったらしいアースドラゴンが慌てて首を外に出してきて、直後それを待っていたとばかりにディアスが、甲羅を蹴って飛び降りながら戦斧を振り下ろす。

すぐさまアースドラゴンは首を甲羅の中に引っ込めようとするのだが、ディアスの一撃はそれよりも速く、戦斧がアースドラゴンの首にぶち当たり、ザクンと致命的な音が響き……アースドラゴンの首が落ち、地面に転げる。

「甲羅の動きは以前に見たからなぁ！　二度目ともなれば流石に対応出来るぞ！」

その首に対しそんな声をかけてからディアスは……唖然として大口を開けているスーリオ達に勝ったことを示すために、手にしていた戦斧を大きく振り上げるのだった。

関所予定地で――――リオードとクレヴェ

深緑の衣と覆面を身にまとい、鉄製の何かを何度も何度も投げ当てて……そうしながら何人かの亜人達が、大きく足を動かしズンズンと突き進むアースドラゴンから逃げる形でこちらへとやってくる。

駆ける亜人達の足の動きはそこまで速くないのだが、一歩一歩がとても大きい跳躍交じりのような独特の駆け方は凄まじい速度を生み出していて……アースドラゴンがときたま放つ火球も、力強く飛び跳ねるか地面を転げ回ることで華麗に回避をしてみせている。

その光景自体は目を奪われ、感嘆する程に素晴らしいものだったのだが……モントの側で与えられた大盾を構えながらしゃがみ込んでいるリオードとクレヴェの2人は、胸中で大きく膨れ上がる不安に押しつぶされそうになっていた。

視線を上げてすぐ側に立つモントのことを見てみると自信満々の顔をしていて……前方の、踏み固めた剥き出しの地面で陣を組んでいる兵士達もまた似たような顔をしていて……だけども兵士達が構えているのは、風変わりな木の棒と槍でしかなく……あんなものが一体何の役に立つのかと、リオードとクレヴェはその体を震わせる。

「ありゃぁ槍をぶん投げるための道具、投槍器ってんだ、受け皿になっているフックのような所に槍の石突を引っ掛けて、槍投げの要領で構えて……後はテコの原理でぶん投げる。

あんな見た目だが効果はとんでもねぇものでな……ディアスが全力で投げたのと同じ距離を、全く訓練していねぇ、お前らみたいな連中でも軽々飛ばせるようになるって代物よ。

飛距離だけでなく速度も威力も同様に向上するもんで……それを訓練されたジョー達が使ったな

らそりゃぁもう凄まじい飛距離、威力になるってもんだ」

そんなリオード達にモントがそう声をかけてきて……リオードが震える声を返す。

「あ、あの……お言葉ですが、仮に威力などが向上したとしても、それでアースドラゴンが倒せるとはとても思えないのですが……」

するとモントはその顔全体をくしゃりと歪めて、怒っているのか笑っているのかよく分からない顔で言葉を返してくる。

「確かに投槍器だけじゃぁ倒せねぇ、槍だって甲羅に突き刺さるのが精一杯で貫くことも割ることもできねぇ。

だがそれでも意味はあって……まぁ、そこら辺は見てりゃぁ分かるさ。

……ようし、お前ら、構えろぉ!!」

話の途中で駆ける亜人達とアースドラゴンとの距離が縮まり、モントがジョー達に号令を出す。

すると横に並んだジョー達が一斉に投槍器に引っ掛けた槍を構え……続くモントの、

「放てぇ!!」

との合図で、矢のように矢羽根のついた細く鋭く作られた鉄製の槍を一斉に投げる。

事前にそのことを知らされていたらしい亜人達は驚くこともなく駆け続け、それを追いかけるアースドラゴンに三十本程の槍が降り注ぐ。

投げられた槍全てが命中した訳ではなく、命中したのがだいたい半分程で、更にその半分が弾か

れて甲羅に突き刺さったのは七本といった所で……その結果を見ながら次の槍を構えたジョー達は二度目の、

「構えろぉ！　……放てぇ!!」

とのモントの合図を受けて、槍をぶん投げる。

それが何度か繰り返されて、アースドラゴンの甲羅が槍だらけになって……針山のようになった頃、それなりの速度でこちらへと突き進んでいたアースドラゴンの足がなんとも不自然な形で鈍り……それを見たモントが笑みを浮かべながら声を上げる。

「はっ、重いだろぉ、重いよなぁ？　ただでさえ自前の甲羅が重いってのにそんなに槍を刺されたんじゃぁ重過ぎてたまらんよなぁ！

……その昔、木の盾を使ってた頃には戦争でもこんな光景が見られたらしいな。槍を投げて相手の盾に突き刺して……重くすることで盾を構えられなくするってぇ訳だ。

まー、この程度で完全に動きを止められる訳もねぇだろうが、それでも動きが鈍ってくれりゃぁ次の一手が楽になるってもんだ！

せめて背中に手が届けば自力で引き抜けるのになぁ……！

……ようしお前ら、次は大盾を構えろぉ!!　そろそろ火球が飛んでくる距離だぞぉ!!」

モントの放った号令を受けてジョー達は大盾を構え……大盾を構えた所に亜人達が駆け込み、それを受けて何人かが……5人程がその場を離れて亜人達と一緒になって後方へと下がっていく。

そんな動きを見てリオードとクレヴェは、今度は一体全体何をするつもりなのかと、恐怖半分興味半分といった様子で、視線を戦場のあちらこちらに巡らせるのだった。

王国北部のとある峡谷で――エーリング・シグルザルソン

「到来時期を教えてもらい、瘴気魔法への対策まで用意してもらい……それで負けたとあっては恥である！

貴族として、民を守り導く者として、この一戦絶対に負けられん！

我らは平和を至上とし戦争を否定してきたが、相手がモンスターとなれば話は別！　生あるもの全てを憎む邪悪を、なんとしてでも打倒してくれようぞ!!」

深く鋭く、北から南へと長く続く峡谷を、崖の上から見下ろす重鎧姿のエーリングがそう声を上げると、同じく鎧姿の者達が声を張り上げそれに応じる。

人数は数百を超え、様々な武器を手にし……普段は貴族として騎士として、特権を享受している者達が己を奮い立たせるために声だけでなく、両腕を振り上げ始める。

そんな一同を見やり満足げに頷き、腰に下げてある鞘から先祖代々伝わる宝剣を引き抜いたエーリングは、その実用的ではないが美しい剣を振り上げ、その輝きと洗練された仕草でもって更に更に味方を鼓舞していく。

エーリング達がそうしていると、後方に控えていたローブ姿の魔法使いの一団が何かに気付き呪文を唱え始め……それを受けてエーリング達はついにアースドラゴンがやってきたのだと気付き……声を上げるのを、腕を振り上げるのを止めて覚悟を決めた表情をする。

エーリング達がそうしていると深い谷底を進む巨体が地響きと共に現れて……そうしてエーリング達は一世一代の戦いに身を投じるのだった。

王国東部のとある平原で――フレデリック・サーシュス

「帝国の攻城兵器も中々どうして悪くないな」

平原に整然と並ぶ攻城兵器をさっと見やって、戦時用ではなく外出用のマントをはためかせたサーシュスがそう声を上げる。

投石機にバリスタ、大きな盾を貼り付けた荷車といった形をした塞門車など、数え切れない程の数が揃えられた攻城兵器の中には、帝国から鹵獲《ろかく》したものもかなりの数があり……まるで盾兵、槍兵、弓兵による横陣のように配置されたそれらは、全てが北へと向けられている。

「瘴気魔法を防ぐのも良いが、そこまで近付かれる前に遠距離から倒してしまうのが王道……念のため魔法使い達を集めはしたが、連中に頼るようではお前達の評価を下げざるを得ない。最前線地の騎士として……あの戦争を生き抜いた者として、国を守る英雄は彼だけではないということを示してもらおうか」

更にそうサーシュスが声を上げると、側に控えていた騎士達がまず声を上げ、次に攻城兵器の手入れをしていた兵士達が声を上げ……この戦場に集まった数千の兵士達が一斉に声を上げ……そしてそれに応えるように北から黒い影がやってきて……それを目にするなり騎士達は一斉に駆け出し始め……そしてサーシュスは戦いの行く末を見守るため、本陣へと向かい、そこに用意された戦場に似つかわしくない、豪華な造りの椅子へと恭しい態度で腰を下ろすのだった。


ゆっくりと迫り来るアースドラゴンを見やりながら――――リオードとクレヴェ

何本もの針山のようになっている槍を背負いながら鈍い足取りでアースドラゴンが迫ってくる。

それを受けてモントは大盾を構えろとの指示を出し……鉄枠木製の大盾を構えたジョー達が前に

進み出る。

するとアースドラゴンはそれらの大盾に向かって何発もの火球を吐き出し……火球を受けた大盾は砕けて燃えて……大盾を構えていた者達は衝撃に吹き飛ばされ、地面を転がり受け身を取り……そしてすぐに起き上がりこちらへと駆けてきて、予備の大盾を手に取るなり、それを構えて再び前方へと向かっていく。

「ありゃぁ一体何をしてんだと思ってんだろう?」

そうした光景を唖然とした様子で見ていたリオード達にモントがそう声をかけてきて、リオード達が恐る恐る頷くとモントが言葉を続けてくる。

「ドラゴンの吐く炎や火球ってのは、瘴気や魔力を燃料にしている。

瘴気ってのはまぁ、モンスターにとっての魔力みてぇなもんで……これが魔力と違って、中々尽きることがねぇんだ。

洞人族の魔石炉はこの力を上手く利用してるもんで……つまりはまぁ、あの火球を数十、数百と吐き出したところでアースドラゴンの瘴気が尽きることはねぇ。

尽きねぇんだから延々といくらでも吐き出されるのかってーと、それはちょっと違ってな、どうやら連中、火球を吐き出す度体温が上昇していやがるようで……それが限界に来ると火球を吐き出せなくなるようなんだ。

そうなったらしばらく時間を置くか、水なんかに入る必要が出てきて……今はその隙を作り出すために、ジョー達に頑張ってもらってるって訳だ。

なぁに、しっかり大盾で受けときゃぁ、そこらを転げることになりはするが死にゃしねぇよ」

モントがそんな説明をする間もジョー達は火球を大盾で受けて吹き飛ばされ、また次の大盾を構えてと、リオード達から見て正気とは思えないようなことを繰り返していく。

「次の一手は野郎に接近する関係で危険度が高くてな……しっかりと火球を封じておきてぇ。封じておかねぇととんでもない被害が出ることになる。

だってのにアースドラゴンってのは賢くてな、こっちの狙いが火球封じだと気付くと、火球を吐き出せなくなったっつうフリをしやがるんだ。

だから良いか……？　お前らが戦う時には、その点によーく気をつけておけよ？

相手の様子を、目の動きを息遣いを、足や首の動きなんかもしっかり見て、それがフリなのかそうでないかを見極めろよ。

この判断を失敗するようなら指揮官としての資格はねぇ……軍人として禄を食んでいる者としての最大の恥だ。

ジュウハはそういった判断が大の得意でなぁ……隣領に帰ったらあいつからそこら辺を学んでも良いかもしれねぇな。

ちなみにだが瘴気は――――」

と、そう言ってモントは説明を続けていく。

瘴気は燃やせば浄化される、燃やせば燃やしただけ失われる、瘴気が失われれば炎は鎮火する。ゆえにドラゴンの吐き出す炎は燃え広がらないことが多く、火災が起きる危険性は少ないとされている。

少ないとはされているが、燃料になるものが周囲にあれば当然のように火災になる訳で……それなりの草が生えていたこの辺りの地面を掘り返し、踏み固めていたのはこのためかと、リオード達は周囲の光景を見やりながら納得する。

そうやってその点については納得出来たし、モントの作戦の目的を理解することも出来たのだけども……それでもやはり目の前で起きている光景は異様と言えて……ジョー達もよく文句を言うことなく、吹き飛ばされ役に徹しているものだとリオード達は感心するやら戦慄するやら複雑な気分になる。

そうして同じことが何度も繰り返されて何枚もの大盾が砕けて、ジョー達の鎧が泥にまみれて……何人かが負傷し、後方に撤退した頃、アースドラゴンがその口を天へと向けて……黒煙のような何かを、まるで煙突の排気のように吐き出し始める。

その様子を見て、半目で睨んで……少しの間、硬直したモントは、それがフリなのかそうでないのかの判断を下し、大きな声を張り上げる。

「今だぁ、大網をかけろぉ!!」

その声を受けて後方に控えていた四頭の軍馬が駆けてきて……その背に乗った4人の領兵達がそ

れぞれ大網……アースドラゴンを包み込む程の大きさの網をしっかりと掴み、アースドラゴンの下へと引きずっていく。

鼻息荒く、ドラゴン相手でも怯むことなく駆ける四頭の軍馬でもって引きずり運ぶその大網は本当に大きく、驚く程に太い縄を編み上げることで作られたもので……その太さから見てアースドラゴンに噛まれたとしてもそう簡単には破られないだろう。

そんな大網を引きずる軍馬達は二頭と二頭で左右に分かれて、黒煙を未だに吐き出し続けているアースドラゴンを挟み込むように駆けていって……そしてその大網を領兵達が全力で振り上げ、針山のようになった甲羅に向けて、駆ける勢いを利用しながら投げて覆い被せて、被せたならすぐさま手を放し、軍馬達はそのままアースドラゴンの後方へと駆け抜けていく。

「ジョー！　ロルカ！　リヤン！　今だ、行け行け行けぇ!!」

直後モントがそう叫び、いつのまにやら大盾を手放し大槍を構えていたジョー達3人が、どうにか大網を振り払おうともがくアースドラゴンの下へと駆けていく。

アースドラゴンにかけられた大網は、甲羅に刺さった槍に上手い具合に引っかかっていて、アースドラゴンの怪力であっても簡単に振り払うことは出来ず……そうして生まれた大きな隙をついてジョー達はアースドラゴンの甲羅へと駆け上る。

両足が大網をしっかりと踏み、片手が甲羅に刺さった槍を握り、そうなったらもうアースドラゴンが暴れようがもがこうが、ジョー達を振り落とすことは出来ず……ジョー達のもう片手が大槍を振り上げ、アースドラゴンの首や手足に狙いをつけて……それを受けてアースドラゴンは大慌てで首と手足を引っ込めて、甲羅を蠢かせそれらの穴を完全に塞ぐ。

「ようし、かかりやがったぞ!! 無事な奴らは網の端縄を引けぇ!! ジョー! ロルカ! リヤン! ビビって首を出しやがったらすぐに槍で貫けよ!!」

それを見てモントは指示を出し……大盾を構えていた領兵達の中の、負傷もなく体力を残している何人かが大網の端にある縄の方へと駆けていき……その縄を掴み引っ張り、甲羅に籠もるアースドラゴンを引きずり始める。

そんな状況の中でもジョー達は甲羅の上に立ったまま、大槍を構えたままいつ首や手足が出てきても良いように構えていて……そこに後方に控えていた洞人族や、駆け抜けていった軍馬が合流し……その全員での大縄引きが始まる。

「……ジョー達の槍の先端にはドラゴン素材が使ってある。何も槍全体に使うこたぁねぇ、先端にだけ使っておけば槍としちゃぁ十分よ。

それでアースドラゴンの首や手足を突いたなら、簡単に骨まで貫けるって訳だ。

同じような加工が投げた槍にもしてあって……あの硬い甲羅にあんなにも深々刺さったのはそのおかげって訳だな。

鉄だけでも刺さるには刺さるんだが、確実性が違ってきて……まぁ、何本もそんな槍を作ったせいで、領内に残ってたドラゴン素材を端材含めて全部使い尽くしちまったが……これで新しい素材が手に入るんだから文句もねぇだろうさ」

そんな光景を見てモントがそんな説明をし始めて……リオード達はまだ決着してもいないのに気が早いのではないかと、そんな表情でモントを見やる。

するとモントはリオード達が何を言いたいのかを察し……アースドラゴンが引きずられていっている先にある、リオード達も掘るのを手伝わされた、アースドラゴンよりも大きく深い穴を指で指し示す。

「アースドラゴンは賢い、落とし穴なんか掘ったって、どんなに巧妙に隠したって、その賢さで回避しちまう。

ならもう無理矢理落とすしかねぇってんで、こういう手に出たって訳だ。

落としさえすれば自重やらで這い上がるのは困難……落とし穴の底でもがいてる間に岩を落として埋めてやりゃぁ身動きはまず取れねぇ。

後は根気よく甲羅から首が出てくるのを待って一突きすりゃぁ良いんだが……面倒な時にはもう一手加えてやって、嫌でもその首を出さざるを得ない状況を作り出してやりゃぁ良い」

指し示しながらそんなことを言い……そうこうしているうちにアースドラゴンが大穴へと近付いていって……そろそろかとジョー達が甲羅から降りて距離を取ったその直後、アースドラゴンが凄まじい音を上げながら大穴へと落下していく。

「よしよし……後は岩で埋めてやって、水を流し込んでやればモンスターも呼吸はするからなぁ、そのうち首を出してくるだろうよ。

それでも首を出さねぇなら岩塩を砕いて水に混ぜてやりゃぁ良い……亀に似てるからなのか、真水の中はある程度平気のようだが、塩水は苦手としているようでな……あっという間に首を出しやがるぞ。

他にも毒を使うなんて手もあるが、そうなると今度は解体の時に余計な手間がかかるからな、あまり良い手とは言えねぇな。

首が出たら速攻討ち取る！　じゃねぇと水で冷えたってんでまた火球を吐き出しやがるからな！」

落下していく様を見て安堵のため息を吐き出したモントがそう言ってきて……リオードとクレヴェは恐怖と様々な感情が入り混じった表情でモントを見やる。

それを受けてモントはため息を吐き出し……やれやれと首を左右に振ってから言葉を続ける。

「卑怯、あるいは可哀想とでも言いたそうだな？　そんなもんは人と人との戦いにとっておけよ、まったく……。

相手の方が巨大で無駄に硬い甲羅に怪力があって、その上火球まで吐き出してくるんだぞ？

そんなもんを生まれながらに持ってる向こうの方が卑怯だろうが。そんなのを相手にする俺達のほうが可哀想だろうが。

……人間の強みは道具を上手く使えることだ。その為の手だ、頭だ……その強みをわざわざ手放すような真似、俺なら絶対にしねぇぜ？

……お前らもこういう方法なら武功を立てられるんだろうし……この光景をよく目に焼き付けて、その煮立った頭を冷やした上で色々考えてみるこったな」

そう言ってからモントは後方へと声をかけて……大穴へと落とすための岩の運搬指示や、大穴へと繋げる形で作った水路へ水を流す指示や、岩塩の準備をしろなどといった指示を出し始める。

それからモントの言った通りの作業が粛々と行われていって……そうして日が沈み始める前に、獣人国東部に現れたアースドラゴンは討伐されたのだった。

甲羅の置かれた広場で――ディアス

アースドラゴンとの戦いが終わって、翌日。

私が倒したアースドラゴンの甲羅が置かれたイルク村の広場は、いつになく賑やかな宴の会場となっていた。

何度か甲羅を殴りはしたものの、前回と違って甲羅を割ることなく倒すことができていて……洞人族達が上手く解体してくれたのもあって甲羅は綺麗に形を保っていて……討伐を記念するモニュメントのような扱いになっている甲羅の周りには、無事にアースドラゴンを討伐できたことを、黒ギーの串焼きや酒の入ったコップ片手に祝う皆の姿があり……甲羅に触れたり寄りかかったりとそれぞれの方法で、無事に討伐出来たことを喜んでいる。

そんな甲羅の上には誇らしげな表情で甲羅の頂点に優雅に立つフラニアの姿があり……他の六つ子達も負けじと甲羅を駆け登っている。

「ミァーン」

私が一番。

とでも言いたげなフラニアの一声を受けて、負けるもんかと必死の形相となるフラン達の様子を広場の隅の方で眺めていると、両手に酒の入ったコップを持ったナルバントが、のっしのっしとやってきて声をかけてくる。

「関所の方のアースドラゴンを穴から引っ張りだせるのは、明日になりそうじゃのう。
深く大きな穴に落としてその上に岩石まで落としてくれて……まぁ、楽に倒せた分だけ片付けは大変ってことなんじゃろうのう。
そういう訳でこっちのはしばらくはこうして飾っておいて……手を付けるのは向こうが片付いてからになりそうじゃ。
これだけ大きいのが二頭分ともなれば、売るにしても使うにしても結構なもんになる訳じゃが……ディアス坊は使い道をどうするのか、考えておるのかのう？」

そう言ってナルバントは右手に持ったコップの酒を一息に飲み干し……それだけでは足りなかったのかもう一つのコップの酒も飲み干してしまう。

すると気を利かせたらしい犬人族が数人がかりで酒樽をこっちへと持ってきてくれて……それを受けて子供のように目を輝かせるナルバントのことを何とも言えない気分で見やりながら言葉を返す。

「魔石は一つを王様に送って一つを魔石炉に使って、腱とかは弓に使うそうだからアルナーや鬼人族に譲って……甲羅なんかは売るよりも防具にしてしまったほうが良いかもなぁ。

これからジョー達には西側関所を守ってもらうことになる訳だし……クラウスのように良い防具を使ってもらいたいところだな」

「ふぅむ……オラ共としちゃぁ魔石炉分をもらえた上、アースドラゴンの防具を作るなんていう面白い仕事を任せてもらえるなら文句も無いがのう……素材を売って金貨なんかを手に入れなくて良いのかのう？

この宴の酒やら飯やら……結構な金がかかったんじゃろうし、そこら辺の財布事情は問題無いのかのう？」

「ゴルディア達が言うには、稼ぐつもりならむしろ今は売らない方が良いらしい。

隣領でも獣人国でも、他の地域でもアースドラゴンが出たとなって、そこら中に素材が溢れている状態で売っても、大した金にはならないとかなんとか……。

稼ぐつもりなら売るよりも使って、その性能の高さを周囲に見せつけて……程々に品薄になった頃に売る方が良いらしい。

今回の宴の酒とか食料とか結構な品を仕入れてもらいはしたが、それでもまだ少しの余裕があるそうだから……とりあえず夏過ぎまでは金に困ることはないそうだ」

「なるほどのう……本職の商人達がそう言うなら、それが良いんじゃろうのう。

夏頃になったらまた色々考えなきゃならんようじゃが……まぁ、坊達ならなんとでもするんじゃろうのう」

「まぁ、いざとなれば狩りでもなんでも、やれることをして稼ぐとするさ。それよりも私は、関所造りに防具作りに……ナルバント達の仕事量の方が気になるんだが……問題は無さそうか？」

私がそう問いかけるとナルバントは「問題無い無い！」と笑いながらそう言って……コップを構えた両手でもって酒樽の蓋を殴り、割ると同時に中身……質の良さそうなワインをコップですくいあげ、ごくごくと喉を鳴らしながら飲み始める。

右手のコップのワインを飲む間に、左手のコップでワインをすくい、左手のコップのワインを飲む間に……と、なんとも無茶な飲み方をしてみせて、一瞬注意しようかと迷うが……洞人族はその髭のおかげなのか、いくら飲んでも酒が毒になることは無いそうだし、まぁ、今日くらいは好きにさせてやるとしよう。

私達がそんな会話をしているうちに六つ子達は全員が甲羅の登頂に成功し、甲羅の頂点で押し合いながら一塊となって、メァメァミァミァと楽しそうに声を上げ……それを受けて宴を楽しんでいた皆は、さらなる盛り上がりを見せていく。

そうやって賑やかさが増していく広場へと、西側の方からやってきた馬車が入り込んできて……関所予定地に様々な物資を運んでくれていたゴルディア、アイサ、イーライの3人が姿を見せる。

馬車を停めてアイセター氏族に馬の世話を任せて、そうしてから3人で妙に真剣な顔をしながらこちらへとやってきて……ゴルディアが代表する形で声をかけてくる。

「おう、避難民達の方は落ち着いていて……ぼちぼち、今日明日辺りには帰り始めるそうだ。ペイジン商会から礼の品というか、討伐にもう数日はかかると思って用意していたらしい、数日分の食料をもらうことになったから、それらはあっちの地下貯蔵庫の中に入れておくぞ。正式な礼というか、手間賃っつーか……そこら辺の品はもう少ししたら届くそうだ。……でまぁ、あれだ。旧知の仲とはいえ、こんなにまで深く関わった以上は、俺達も領民になろうかと思うんだが、どうだ？　ギルドの方はここの領民として運営していきゃぁ良いし……これから隣国との商売までやるとなったら流石に他人事って訳にはいかねぇからなぁ。俺もイーライもアイサも、今日からここの領民……追々、ギルドの他の連中もこっちに来ると思うから歓迎してやってくれや。懐かしい顔が勢ぞろいってな感じになる訳だが、問題はねぇだろ？」

そう言ってゴルディアはその太い腕をずいと差し出してくる。

もう既に領民扱いをしていたというかなんというか……これまで散々この領のための、領民の皆のための仕事をしてもらっていた関係で今更という思いもあるが……しっかりとけじめを付けておくことも大事なんだろうと考えて、差し出された手をしっかりと握り返す。

するとゴルディアは不敵な笑みを浮かべて……後ろに控えていたアイサとイーライは素直な笑み

を浮かべて、そしてアイサ達も手を差し出してきて、ゴルディアと私の手の上にその手を乗せてくる。

「今までも散々世話になってきたが、これからもよろしく頼むよ」

3人の目をしっかりと見やりながら私がそう言うと、3人は更に笑みを深くして……そしてワインを飲みながらそんな私達の様子を見守っていたナルバントが、

「めでたいめでたい！　良い記念じゃからお前達も飲め飲め！」

と、そう言って中身が半分程に減った酒樽をこちらへと持ってくる。

するとゴルディアは何を思ったのか、その酒樽を両手で抱えて持ち上げて……そのまま酒樽に口をつけて残る中身を、凄まじいとしか言えない勢いで飲み干してしまうのだった。

賑々しく盛り上がる広場の隅で――――スーリオ

「ふぅむ、なるほどな……そちらはそういう方法でアースドラゴンを倒したのか」

アースドラゴンの甲羅を前にして宴が盛り上がる広場の隅に布を敷いて腰を下ろして……宴の主菜である黒ギーの串焼きを片手にスーリオがそう声を上げると、同じ布に腰を下ろしたリオードと

クレヴェがこくりと頷く。

「そしてそういった、武に頼らない戦い方を学びたければジュウハ殿に習え……か。……別にジュウハ殿をどうこう言うつもりはないのだが、あの方も前回の反乱騒ぎでは精彩を欠いていたからなぁ……師として仰ぐにはどうなのだろうなぁ」

続けてスーリオがそう言うと……クレヴェが恐る恐るといった様子で手を挙げて、ゆっくりと口を開く。

「実はそのことについても、片付けをしている時にモントさんが説明をしてくれたんですが……モントさんが言うにはジュウハさんは、極めて優秀なだけの常識人、なんだそうです。

常識人だから何事も常識で測ろうとするとかで……損得とか欲とか、怒りとか恨みとか、愛とか。

そういう普通の感情で動く人の先を読むことは物凄く得意で……逆にジュウハさんの知る常識の中にない、損得とか欲とか、そういった感情で測ることのできない、非常識でメチャクチャで、道理に合わない相手と戦うことは大の苦手としているんだそうです。

そして前回の反乱の首謀者は、本当に反乱が目的だったのかも分からない、反乱を成功させたいならそう出来たはずなのに、土地や利益を得たいなら得られたはずなのに……だというのに途中で全てを投げ出したような相手で……それはジュウハさんが最も苦手とする、ジュウハさん以外でも対応に困っただろう、荒唐無稽な存在……なんだそうです」

そんな言葉を受けてスーリオは半目となり……不機嫌そうな表情になりながら言葉を返す。

「ふむ……なるほど？

確かに首謀者が誰かも分かってはいない、俺にも首謀者の目的なんてのは読めやしないが……しかしそれでよくあの戦争を生き残れたものだ。

ジュウハ殿だってそれなりの年数、戦場にいたはずなんだがな……」

「それについてもモントさんが説明してくれたんですが……戦争でそういった相手と、戦火の中でおかしくなっちゃったような人と戦う際には、ディアス様がなんとかしてくれたんだそうです。

ジュウハさんが悩んだり足を止めたり、苦戦したりしているようなら、ディアス様が何も考えずに前に出て、その武力で全てを蹴散らす。

ディアス様がそうやって敵を蹴散らしたならすかさずジュウハさんが動いて、ディアス様の援護をしながら部隊全体を立て直す。

ディアス様は直情的過ぎるからか暴走することもあるそうなんですが、思考の根っこは至って普通の常識人なんだそうで……ジュウハさんはそんなディアス様がどう動くかだけを考えて指示を出して、そして最前線のディアス様が、敵の狙いとか思考とかを経験に基づく直感で看破していた……んだそうです」

「ああ……なるほど、確かにディアス様はそういうところがあるかもしれん……。

アースドラゴンと戦っていた際、ディアス様の脚力はそこまでのものではなかった。

より速く走れる獣人などそこら中にいるだろうし、力にしても負けないくらいに怪力な獣人は存在している。

ならばそいつらがアースドラゴンと戦って勝てるかと言うと……まぁ、あっさり負けてしまうのだろうな。

ディアス様のように迷うことなく走ることはできない、一瞬の隙を見て距離を詰めることもできない、アースドラゴンの甲羅に駆け登るなんて夢のまた夢……恐れず隙を見逃さず、判断を迷わず……躊躇することを知らないのだ、あの方は。

普通であれば火球を吐き出された時点で恐れてしまうのだろうし、近寄るにしても甲羅を駆け登るにしても攻撃するにしても、どうしたって躊躇が生まれてしまう。

直感が抜群で、それを裏付ける確かな二十年もの経験があって……二十年か。

俺達もエルダン様を領主にするために戦いはしたが数十日のことで、たったの一年も戦っていないのだなぁ」

そう言ってスーリオは項垂れ……考え込む。

ジュウハにそういう欠点があるのは分かった、ディアスがそれを助けてきたということも分かった。

だが今のジュウハの側にはディアスの姿はなく……また似たような人物も存在しない。

であれば誰かがその役目を務める必要があり……ディアスからそういった部分を学べる人物は運良くここにいる自分しかいないのではないかと、そんなことを深く深く考え込む。

リオードとクレヴェもまた、宴の様子を見やりながら考え込む。

欠点があろうともジュウハの能力は素晴らしく、またモントの戦い方にも学べる点が多く……ここで学び、ジュウハの下で学び、そうして一端の兵学者となれば、自分達のような存在でも出世出来るのではないか？　と。

知恵を働かせさえすればあのアースドラゴンすら倒すことが出来るのだから、獣人や人を倒すなんてことはもっと楽に出来るはずで……。

そうしてスーリオとリオードとクレヴェの３人は、それぞれ決意を新たにし……ひとまず今はこの騒がしくも愉快な宴を楽しむことにするかと、料理と酒と歌と踊りへと意識を向けるのだった。

数十日後、王国各地で――

突如各地に現れたアースドラゴンが無事に討伐されたことにより、王国は沸き上がっていた。

アースドラゴンの同時襲撃なんてものを受けてしまえば多くの被害が出るはずだというのに被害は少なく、得た素材は多く……その素材を手に入れようと、素材を加工して新たな装備やアクセサリーを作ろうと、素材の研究をすることで建造物などにも活用出来るのではないかと、商人や鍛冶師、大工や学者達がにわかに活気付き……そうした刺激を受けた国内経済が好循環をし始めていたからだ。

今回一番の被害を受けた北部を見ても、民や村、畑への被害は無く、何十人かの騎士達が名誉の戦死を遂げた程度であり……そうした被害を悲しむ声よりも、得られた名誉や素材を喜ぶ声の方が大きく、特に最前線にて指揮を執り続けたエーリング伯の勇猛さは王国中に知れ渡ることになり……結果として第二王女ヘレナの派閥は大きく躍進することになった。

東部での被害は攻城兵器だけで済んだようだが、それでも多くの攻城兵器を失い、それらを補充すべきかという議論が王城で行われ……サーシュス公は議論の決着を待つこと無く自らの財産を投じることで数多くの……以前よりも多くの攻城兵器を造り出した。

帝国にもアースドラゴンが現れ、かなりの被害を出しながらも討伐に成功したという情報を得ていたサーシュス公は、アースドラゴンの素材を使った兵器を用いての再侵攻を警戒していたようで、そうした判断を下したらしい。

結果としていくつかの攻城兵器の改良が行われることになり、東部地域の職人の質が向上することになり……人的被害なくアースドラゴンを討伐したことも踏まえてサーシュス公の威信は大いに高まり……第一王女イザベルの派閥もかなりの躍進をすることになる。

そんな中、第一王子リチャードの派閥は、他に比べて評判を高めることが出来ず、素材を得ることも出来ず……厳しいとまでは言わないが微妙な立場に立たされていた。

派閥への積極的支持を表明しているマーハティ公が一体のアースドラゴンを被害を出すことなく討伐したとのことで、その魔石をマーハティ公からの献上という形で手に入れはしたものの、素材を手に入れることは叶わず……支配地にアースドラゴンがやってこなかったという、本来であれば幸運であるはずの事態がまるで不運であるかのように作用し……相対的に評判を落とす結果となってしまったのだ。

出来ることは多くの被害を出したという北部への支援くらいのもので……他の地域での被害が少ないことも、リチャードにとっては不運と言えた。

そんな風に各派閥の力関係が変化する状況の中で、誰よりも名を上げたのがどの派閥とも距離を置くメーアバダル公だった。

もう何度目なのだと言いたくなるようなドラゴン討伐を、アースドラゴンが二体同時にやってくるという状況下であっさりとやってみせ……被害は一切無く、その上一体は公自らが単独で討伐したという。

もう一体は、たったの一年という短い期間で集め、鍛え上げた領兵でもって討伐していて……自らアースドラゴンに相対しながらも兵を適切に運用してみせた手腕は見事と言う他に無いだろう。

それだけでなく何も無かったはずの草原での街道の整備を開始し、西国……未知とも未開拓とも言われる国との境に関所を造り始めたとの話まで聞こえてきて……たったの一年でそこまでのことをしてみせた公に対しての評価は、これ以上なく高まることになる。

あまりに話が出来すぎていたため嘘ではないかと疑う者達もいたが、今回もまた当然のように手に入った魔石のうち一つを国王へと献上していて……それと同時に街道や関所に関する正式な報告書も提出していたために疑念の声は自然な形で消滅していった。

そしてそれらの話を聞いた……好景気で活気付く商人達はメーアバダル領へといつにない熱視線を送ることになる。

街道の整備が進み、関所造りが出来るほどの人材がいて、それだけの公費が動いていて……その上ドラゴンの素材が今までの討伐分、たっぷりとあり……最近ではギルドまでが積極的な投資をしているという。

大商圏たるマーハティ領が隣領で、鉱山開発の噂まで聞こえてきて……それで注目しないというのは、商人としてはあり得ないことだった。

各派閥の力関係が流動的に変化しているということもあり、政治的な面においてもメーアバダル公の価値は高まっていて……尚の事商人達は関心を示すことになり、そうして何人かの商人達がメーアダル領を目指し、馬車を駆ることになるのだった。

書き下ろし

春暁の盃事

ある日の早朝、いつもよりも騒がしい声や家事の音が聞こえてきて、目が覚める。

寝床から体を起こすと、よりはっきりと声や音が聞こえてきて……一体何事だろうかと首を傾げる。

忙しい早朝に多少騒がしさが聞こえてくることはよくあることなのだけど、ここまでの騒がしさは初めてのことで……本当に何事だろうかと訝しがりながら立ち上がり、簡単に身支度をしてユルトの外へと足を進める。

ユルトから出るといつもの光景が……忙しそうに家事をこなす皆の姿と、広場で洞人族の女性達が朝食なのか、料理をしている姿が視界に入り込む。

それは一瞬、本当に料理を作っているのかと疑うような姿だった。

「ホーホーヤーホー、美味しいご飯を作ろー」

「ホーホーヤーホー、美味しいお酒が待っているー」

「ホーホーヤーホー、元気に働くための燃料だ」

「ヤーホーホーホー、大地の恵み、空の息吹、妖精の贈りもの、飲んで食ったら働け働け、賑々しく！」

なんて歌を歌いながら、広場に円を描いて立つ女性達が一斉に左右に体を揺らし、同時に手に持った取っ手のようなものを左右に振っていて、その取っ手の先にある、円の中央に鎮座する石台の上の大鍋が……大鍋という言葉では表現出来ない大きな鉄の塊が左右に揺れている。

洞人族が作ったものなのか、いくつもの取っ手を生やしたその大鍋からは大量の湯気が上がっていて……同時になんとも良い匂いが漂ってくる。

野菜と肉と香辛料の……スープか煮込み料理か、鍋の大きさからしてかなり……というかとんでもない量らしい。

「むっはっは、せっかく村の仲間になったんじゃしのう、洞人族の伝統料理でも振る舞ってやろうと思ってのう！

オラ共がその昔、毎日のように楽しんでいたうんまい料理を用意してやるからのう、期待して待っておると良い！」

そんな光景を唖然としながら眺めていると、いつの間にかやってきたナルバントがそう言ってきて……それから広場から少し離れた一画の方を指し示す。

そちらではいくつも座卓や絨毯が用意されていて……普段広場で行われている朝食の場が、そのままそちらへと移動しているらしい。

「大鍋の音で皆を起こし、そこから漂う良い匂いで胃袋を目覚めさせ、飯の場へと誘う！

これが洞人族の伝統！　内容も体が一気に目覚めるもんになっておるからのう！」

更にナルバントはそう続けて、私をそちらの方へと案内し……すでに完成している料理の説明をし始める。

「山盛りのパン！　硬ければ硬い程良い！　肉の腸詰め！　中には香辛料やチーズがたっぷり入っ

ておる！　肉の厚切り！　厚切りにして香辛料を振って焼くだけの料理じゃ！　豆煮込み！　豆、刻み肉、香辛料を混ぜて煮込めば良い！　他にチーズもたっぷりあるし、今作っておるスープも絶品じゃ！」

そうした料理からはかなり香辛料の香りが漂っていて、食欲を刺激されると同時に、匂いだけで辛さが伝わってきて、思わず口の中で唾液が音を立てる。

どうやら洞人族の料理は香辛料と塩をこれでもかと使う濃いめの味で……その破壊力というか、食欲を誘う力はかなりのものであるようだ。

座卓の側には見張りの犬人族がいて……その周囲には今にも食事に飛び付こうとしている犬人族もいて、そのどちらもが口の中で唾液を唸らせていて……これはさっさと食事を開始しないと大変なことになってしまいそうだ。

スープの完成まで待つべきか、それとも先に食べ始めるべきか……悩みながらすでに席についているアルナーやセナイとアイハンのもとへ向かうと、そこに洞人族の男性達が大きな酒樽を抱えながらやってくる。

「酒だ、酒だ！　ワッシャッシャ！」

「辛い料理を食ったら間を空けずに酒で押し流せ！」

「でなけりゃ無礼だ、ちょこざいだ！」

「酒を飲んだら大地を踏み鳴らせ！　大地を踏み鳴らしたら夜まで元気にハンマー振るって大仕事

だ！」

そんな歌なのかよく分からない声を上げながら洞人族達は、自分達の席へと酒樽を並べて……アルナーがそんな様子を少しだけ羨ましそうに眺めるが、私が首を左右に振ると諦めてくれたのか、側にある水瓶から器で水をすくい上げ、ゴクゴクゴクと飲み始める。

「あー……うん、夜なら止めないから、朝からっていうのは勘弁してくれ……。

洞人族は……ほら、種族的に酒が必要みたいだから仕方ないが……」

私がそう言うとアルナーは頷いて、側までやってきていたナルバントは分かっているではないかと言いたげに大きく頷く。

「なぁに、オラ共以外の料理は辛さを控えめにしておるし、子供やマヤ達の料理は更に辛さを控えめにしておる！

酒が無くても問題なく楽しめるじゃろうよ！　そろそろスープも出来上がることじゃろうし、オーミュンがスープを持ってきたら食べ始めるとするか！」

ナルバントがそんな声を上げながら大鍋の方を見やり、それに釣られて視線を移すと、角度的に見えていなかったのか、距離が近すぎて見えていなかったのか、大鍋の側に立てられた大きな足場が視界に入り込む。

その足場のてっぺんには大きく長い木匙を振るうオーミュンの姿があり……どうやらそれで鍋の中をかき混ぜているようだ。

混ぜて混ぜて、時折中身を大きく飛び上がらせて、そうやって冷ましているのか何なのか、何度もそれを繰り返して……何度か繰り返したなら、他の女性が大鍋よりもかなり小さな、それでも両手で抱える程の鍋を持ってくる。

するとオーミュンは木匙ですくったスープをその中に流し込み……列を作る女性達が抱えた鍋を次々に満たしていく。

そしてそれが私達のもとへと運ばれてきて……私達の席の器に盛り付けられていく。

鍋の中身はどうやらミルクメインのスープのようだ、ミルクとたっぷりの野菜と肉の腸詰めと肉の塊と。

……恐らくだけどチーズもたっぷり入っていて、きれいな色の油がミルクの上に浮かんでいる。

贅沢というかなんというか、ありったけの食材を突っ込んだようでもあり……朝食でこんなにも食材を使ってしまったのかと思うが、アルナーやエリー達が笑顔で料理を待っている姿を見るに、許可を取ってのことなのだろう……もしかしたら食材分の代金を支払っているのかもしれない。

「食って食って飲んで飲んで、香辛料で血が巡って力が湧いて！　そうしたらオラ共は鉱山仕事でも鍛冶仕事でもなんでも出来るからのう！　毎日は無理でもたまにこうしてくれると嬉しいのう！」

と、そう言ってナルバントは私の側の席に座り……スープが入った器を手に取る。

アルナーもエリー達もマヤ婆さん達も犬人族達も……今席についている面々が器を手に取り掲げ

る。

人数が増えてからのイルク村は一斉にではなく交代交代で朝食をとっている、早く目覚めた者から席につき食事を終えたら次の者達に席を譲り、皆が朝食を食べ終わるまでそれを繰り返す。

私だけが例外というか、報告や相談がある者が居るかもしれないので最後まで席に残るが、他の皆はそうやって朝食をとっていて……次の者達のためにも唸る腹と口の中のためにも早く食べたいという思いをそうやって伝えてくる。

ならばと私も器を手に取り、神々と食材への感謝の祈りを捧げ……そうしてから器に口をつける。

強い香辛料の香りと辛み、なめらかなミルクのスープ、濃いチーズの味にゴロゴロとした大量の食材、アルナーが作ってくれる優しい朝食とは真逆と言うか……美味しいは美味しいのだけど、なんというか全てが力強く、雑ではないのだけど荒っぽさを感じる。

美味しいは美味しいのだけど、体が驚いてしまう味で……驚いた体と頭がシャキッと目覚めるのを感じる。

そして香辛料のおかげかすぐに体が温まっていって……夏でも肌寒さを感じる洞窟の中で暮らしていたらしい洞人族にとってこれは、必要な食事だったのかもしれないなぁ。

「むっはっはっは！」

「ワッシャッシャッ！」

「だーっはっはっはっは！」

ナルバントや酒樽を運んでいた洞人族達は早速とばかりに酒を飲んでいて……とても嬉しそうに頬を赤らめている。

美味しい朝食と酒、それを口に出来るのが嬉しいと笑い続け……酔っ払っているという訳ではなく、ただただ嬉しさから笑い声を上げ続けているようだ。

そんな笑い声に釣られてか他の皆も笑い始めて、賑やかな朝食の時間が過ぎていく。

そうして座卓の上の食事を食べ尽くし、酒樽の中の酒を飲み尽くしたなら、洞人族達が膝をバシンッと叩いてから立ち上がる。

その頬は赤らんでいるが酔っている様子はなく、むしろ目は鋭く足取りはしっかりとしていて力強く、いつも以上のやる気を漲らせながらそれぞれの仕事場へと向かっていって……それからすぐにカンゴンキンと洞人族達が働いているらしい音が聞こえてくる。

その音は絶え間なく続き、皆の食事が終わっても、私の身支度が終わっても見回りが終わっても続き……見回りをしながら音の発生源をたどっていくと、いつも以上に元気に楽しそうに、力強く働く洞人族の姿を見ることが出来る。

「こんなにも元気に楽しそうに働いてくれるのなら、毎朝あの朝食でも良いのかもなぁ。

……いや、毎朝アレだと重すぎるか？」

見回りをしながら私がそんなことを呟くと、隣を歩いていたアルナーが言葉を返してくる。

「いや、無理だ……重いとかよりもこんな贅沢な食事を毎朝していたら倉庫があっという間に空っぽになってしまう。

洞人族達の仕事が生活を楽にしてくれるのも、いつか大金をもたらしてくれるのも理解しているが……それはまだまだ先のこと、今はまだそこまでの余裕はないな。

……それでもいつか、イルク村がうんと豊かになったら毎朝こんな大騒ぎを出来るようになるのかもな。

私も酒が進む料理は大好きだからな！　毎朝食べられるのならそれに越したことはないからな！」

最初は真剣に、最後の方はなんとも楽しそうにそう言ってからアルナーは、どこか遠くを見て、いつか来るかもしれないその未来に思いを馳せ始める。

それがいつになるかは分からないが……いつかはセナイやアイハンも大人になる訳で、大人になったセナイ達はきっと、アルナー達を真似て酒を楽しむようになるのだろうなぁ。

その頃に私とアルナーはどうなっているのか……？　意外と一緒に酒を楽しんでいるのかもしれないなぁ。

なんてことをつらつらと考えながら見回りを終えて、懸命に働き続ける洞人族を手伝うため、そちらへと足を向けるのだった。

あとがき

まずは恒例のお礼から。

ここまでの物語を応援してくださっている皆様、小説家になろうにて応援をしてくださっている皆様。

いつもファンレターなどをくださる皆様。

この本に関わってくださる編集部をはじめとした皆様。

いつも良い仕事をしてくださっている校閲さん。

イラストレーターのキンタさん、デザイナーさん。

コミカライズを担当してくださっているユンボさん、アシスタントの皆さん、編集部の皆様。

本当にありがとうございます！　おかげさまで9巻を出すことができました!!


はい、という訳で9巻です。

9巻からは洞人族の数がぐっと増えて、イルク村の産業が賑やかになっていきます。

これからはイルク村のどこかからガンゴンとハンマーの音が、カタンコトンと織り機の音が響いてくることになるでしょう。

個人的にですが、ミシンとか工場の機械音とかは嫌いじゃなかったりします。散歩していたりしてミシンの音が聞こえてくると誰かがどこかで何かを作っているんだなと、何故だか嬉しい気持ちになります。

中々聞く機会のない織り機の音も同様で……博物館とか記念館、あるいは今でも伝統的な織物を作っているお店なんかに行くと何がある訳でもなく聞き入ってしまいます。

そんな趣味をしている人物が作者なものですから、これからのイルク村は相当な賑やかさに包まれ続けることでしょう……いやぁもう、実際にこの目で見たくなるほどの光景なんでしょうねぇ。

そんなイルク村の光景を皆さんとこれからも楽しんでいけるよう、一層力を込めて励んでいきたいと思います。


はい、8巻でもお話ししたような内容になりますが、帯にも書いてあります通り、『領民0人スタートの辺境領主様』、シリーズ累計130万部突破したそうです。

これも全て皆様の応援のおかげです！　本当にありがとうございます！

この数字をもっともっと増やせるよう、もっともっと皆様に楽しんでいただけるよう、本当に励んでいかないといけませんねぇ。

そんな『領民0』ですが、10巻ではこれまでにないキャラ達が登場してきます。あんな女性キャラやこんな男性キャラ、そしてあいつも再び登場し……ますます賑やかになっていきますので、ご期待いただければと思います！

ではでは10巻でもまたお会いできることを祈りつつ、これにてあとがきを終わらせていただきます。

２０２３年　３月　風楼

転生した大聖女は、
聖女であることをひた隠す
戦国小町苦労譚
即死チートが最強すぎて、
異世界のやつらがまるで
相手にならないんですが。
領民0人スタートの
辺境領主様
ヘルモード
～やり込み好きのゲーマーは
廃設定の異世界で無双する～
二度転生した少年は
Sランク冒険者として平穏に過ごす
～前世が賢者で英雄だったボクは
来世では地味に生きる～
俺は全てを【パリイ】する
～逆勘違いの世界最強は冒険者になりたい～
反逆のソウルイーター
～弱者は不要といわれて
剣聖（父）に追放されました～
毎月15日刊行!!
最新情報は
こちら!

もふもふとむくむくと
異世界漂流生活
転生して
ハイエルフになりましたが、
スローライフは
120年で飽きました
メイドなら当然です。
濡れ衣を着せられた
万能メイドさんは
旅に出ることにしました
駄菓子屋ヤハギ
異世界に出店します
ドイツ軍召喚ッ!
～勇者達に全てを奪われた
ドラゴン召喚士、
元最強は復讐を誓う～
偽典・演義
～とある策士の三國志～
生まれた直後に捨てられたけど、
前世が大賢者だったので余裕で生きてます
ようこそ、異世界へ!!
EARTH STAR
NOVEL
アース・スター ノベル

メイドなら当然です。
万能メイドさんの
異世界紀行!!
濡れ衣を着せられた万能メイドさんは旅に出ることにしました
三上康明
Illustration
キンタ

駄菓子屋ヤハギ
異世界に出店します
Dagas gi Isekai Ni Shutten Shimasu
どこか懐かしい駄菓子が、
異世界でウケてます！
1巻の
特集ページは
こちら
EARTH STAR NOVEL
長野文三郎
イラスト 寝巻ネルゾ

EARTH STAR NOVEL

領民0人スタートの辺境領主様
Ⅸ　春暁の盃事

発行 ―――――― 2023年4月14日　初版第1刷発行

著者 ―――――― 風楼

イラストレーター ―――― キンタ

装丁デザイン ―――― 関 善之＋村田慧太朗（VOLARE inc.）

発行者 ―――――― 幕内和博

編集 ―――――― 今井辰実

発行所 ―――――― 株式会社アース・スター エンターテイメント
〒141-0021　東京都品川区上大崎3-1-1
目黒セントラルスクエア　7F
TEL：03-5561-7630
FAX：03-5561-7632
https://www.es-novel.jp/

印刷・製本 ―――――― 図書印刷株式会社

ISBN 978-4-8030-1777-9